A Peyre de Mandiargues
DANS
LES
ANNEES
SORDIDES

目次

汚れた歳月

絹と石炭 99

汚れた歳月

DANS LES ANNÉES SORDIDES

葬送の鳥たちが森の背後から啼き始め、沼の縁で
蛇たちがしゃがれた声で単調に唄う時
シャルル・ノディエ

火が黒ずむ瞬間がある。その向こう側は、すべてが真っ白だ。男は、自分の身体の一部が剥がれていくように感じる。それを抑えようとするのだが、男の栄光の時代だったら憤慨したに違いない奇怪な服装倒錯者《トラヴェスト》が身に付ける数々の結び目や羽毛や鱗の間を縫って、知られざる地下壕のさらに奥の闇にまで、あたかも燠火と灰の間にいる鼠のように、そっと滑り込んでいくように感じる。天鵞絨で全体を縫い合わされ、深紅の飾り紐、タッセル、ソウタシエ、肩章の上のフリンジで飾られた、立派で大きな角形の肘掛け椅子がある閉ざされた部屋の中は、生きものがいる気配がまったくないのだが、その暗がりに横たわっている男の姿が、眠っているようだがなおも危険な飽食した櫛髭蟷螂《クシヒゲカマキリ》さながら、ぼんやりと廃兵の

ように見える。古色蒼然とした数々の装丁本が、絨毯の上に音もなく飲み込まれるように崩れ落ちている。風がそよとも吹いていないのに、カーテンが揺れ動く。日の光はかそけく、その反射がどこか流れるようで、リキュールにさえ見えるので、感覚が欺かれているのではないかと疑ってしまう。さらに穴掘り虫どもが、今まで動かされたことのない梁の木材や古い家具を突き抜け、回廊の迷路を何世紀にもわたって掘っているのだが、そのおぞましい物音は、城の大時計が一斉に同じ正午で止まってしまったその時の静寂を、いっそう際立たせているのだろうか？

冬の午後の限りなく長い時間が、不毛に引き延ばされてゆく。そのとき意識は、猪の脂身やハム、香草入り腸詰めや、丁子《ちょうじ》と生姜を効かせた野趣に富む重たいパテなどを糧としながら、微睡《まどろ》みのなかへ落ちてゆく。ギリシャの島々のあらゆるワインの上を、モカの苦い香りが漂い、真昼の恐怖を満載した荷車が、その魅惑の重みで天井をぶち抜かんばかりに走り回っている。あたかもハチドリの残骸の上で巨大な白い蜘蛛が踊り回っているかのように。

極北の行路

野に桑が実り、見捨てられた収穫物が、黄ばんだ葉叢《はむら》にそよぐ果てしない風のもとでたわみ、森や牧草地は、なおも長く山羊の匂いを残している。次々と、焼き払われた村々が、夕べの露の中へ消えゆき、雨が生温《なまあたた》かな灰に汚されていく。遅れてきた旅人は、掠奪された美しい娘たちが、素裸で髪を振り乱し、十字路の杭という杭に手首を吊るされ、小さな赤毛の野兎さながら、開いた股間に釘を打ちつけられている様《さま》を、一瞥もくれずに道を急いでいる。広い道の両側には、列をなした群れのように、胴まで埋められた老婆たちが二列に並んでいる。老婆たちの灰色の長い乳房は、土手の粘土を抉《えぐ》る希少な石と見分けがつかない。溝には、薊《あざみ》や棘《とげ》、刺草《イラクサ》が生い茂った間に、切断され、投げ捨てられた子どもたちで溢れている。泥濘《ぬかるみ》から網状に滲《にじ》み出るガーネット色の血。旅人は、周りで夥しく呻き声がする中を、真っすぐ、無情に、歩を進めなければならない。もし彼女たちが一瞬、黙しようものなら、凶暴な沈黙の中で、恐怖が勝ち誇って笑いだすだろう。

遥か遠く、ほとんど地平線上に、黒っぽい、奇妙な大群が旋回している。それは草原《ステップ》の鴉《カラス》で、北極の海へ向かって進む、頭髪を剃った騎馬遊牧民の一団と、家畜のヘラジカの群れにつきまとっているのだった。

グランダルメ*

高地の寒さは、平原の寒さほどではない。高地では、極端に厳しい寒さであっても、アルプスやカルパチア山脈の頂にまで、いくらかの葉を生い茂らせている。ところが今、視線を注いでいるこの広大な白い平原では、樹々が、あたかも葬儀のガラスケースに並んだ漆黒の宝飾品さながら、黒っぽい光沢に燦めく枝状に分岐した骸骨に見える。地平線いっぱいに、黒い二列の人影が、等間隔に走っている。視線を近づけて見ると、一列目の人影は、足元にある銃で沈黙させられた、動かぬ兵士たちであることが分かる。人間の頭部、もしくは胸の高さで切断され両腕を切り落とされた上半身全体に、各々の銃弾が命中している。兵士のなかには、皇帝近衛隊のかさ高い毛皮の縁なし帽を陰鬱な空に向かってかぶっている者もいるが、彼らのほとんどがそのような珍しい帽子や並外れた品種を派手にかぶっている。そのさまは、荒涼たる平原を横切るこの巨大な直線を長々と引き延ばしながら、兵士たちが歳月を経たかぶり物の本物の美術館を形作っているみたいだ。視線がついつい釘付けにされてしまう幻想的なかぶり物の混淆状態——凍えて蒼くなり、火薬や硬い体毛で黒ずんだ顔という顔を翳らせて——あちこちにメキシコの大きなフェルト帽、平らなブルターニュの帽子、シルクハット、フード付きの頭巾、ベレー帽、シェシア帽、トック帽、大祭司帽、僧帽、山高帽、角帽、ビーバー帽、天鵞絨の縁なし帽、聖職者の三角帽、アルザスの飾り結び、コルネット帽に修道女のヴェール、子供の頭巾、リボンで飾られた看護婦の頭巾、そして世紀末の淫売女の見事な帽子が、天国の花束や駝鳥の羽毛の下に埋もれている。すなわち過去や来たるべきあらゆる戦争による略奪のすべての収穫品だ。

最もおぞましいのは、銃剣の先で刺し貫かれた悲惨な遺骸という遺骸が、空に向けて銃を構える擲弾兵と同様に奇妙な帽子をかぶせられていることだ。そして、視線をさらに近づけて見ると、二列目の埋もれた切り株が、実は死骸であり、切断された胴体が雪から突き出し、ぞっとするような褐色の鍾乳石が滴り落ちている。これらは殺された兵士たちの屍であり、頭部や上半身をもぎ取られた彼らの仲間だった。これにより、屍たちは勢揃いして不吉な閲兵式に出席できるわけであり、帰還できない敗北した皇帝を、その場で、冬の終わりまで待つことだろう。

＊ ナポレオン一世が組織した大陸軍又は大軍隊の総称。ロシア遠征時には多国籍軍として兵数七〇万に上り、生還できたのは十万人に満たなかった。軍隊には商人や慰安婦らが随行した他、階級や兵種、国ごとに帽子や兵装が異なり、多種多様な色彩と形状で奢美を極めたという。

*

北極の地

苔が死滅するところから、氷の森が始まる。それは誇張したイメージではなく、実際に、無色の葉や花、ガラスのように透明な枝、蒼白い幹からなる樹々が、くっきりと枝分かれした紛れもない水の森なのだ——そして、水族館で目にするガラスの魚たちのように透き通った小鳥の群れが、私が夢想した少女の髪の周りを、葉から花へ、音もなく飛び回っている。少女は、ひどく怯えた野ウサギのように駆けている。彼女は何を怖れているのか？　この透明な世界のただ中で、いったい誰が身を潜めることができるというのか？　そこは、いかなる祝祭の夜にも見られない、真っ白な肩に覆いかぶさる黒い雌熊の分厚い毛皮にすぐにでも出くわす場所なのだが、この澄み切った水晶の森から、百のシャンデリアと千の松明、万の燭台で眩い輝きを放つ舞踏会を現出させて、この氷晶の世界を蘇らせるためには、金の飾り紐を少しばかり編み込んだ深紅のカーテン、幾枚かの高価な絨毯、灯された沢山の蝋燭さえあれば十分なのだ。にもかかわらず、寒さが喉を締めつけ、凍りつかせる。というのも、大きな人影が現れたからだ。それは、私が思い浮かべていた少女の父ではなく、得体の知れぬ非常にけしからぬ男だった。男は少女の前に跪き、毛むくじゃらの胸から引き抜いた凍った肉片を少女に差し出したのだ。すると、大量の血の滴りが氷の森一帯に溢れ出て、あらゆる樹々、枝、葉、透き通った鳥を、鮮烈な紅に染めていく。極地の亡霊がしばし出現する前触れとなる光の現象、そう説明するより他、言い表しようのない光景だった。

凍れる瞳

鼻、そして耳。それは昆虫の涎で作られたお粗末な張り子のように、すでによれよれに萎びてしまった突起物だ。モンスズメバチや雀蜂のどんな飛行が、白蟻のどんな流れが、その巣穴から出てくるのだろうか？　しかしこの澄んだ領域で、とりわけ寒さに蝕まれるのは両の瞳なのだ。その寒さはたちまち瞳を凍らせる。あたかも小さな鋸歯状の雲が月を横切る瞬間ほど素早く、さらには、牡蠣の果肉が黒と緑の毛羽だった貝殻の中で最良の状態で閉じ込められ、涎に包まれながら、長年生育された真珠の周りで引き締められて打ち震え、結晶体が生じかけては破裂するのと同じくらい素早く確実に瞳を凍らせるのだ。こうして、突如、眼球は針やガラスの薄片を突き立てられ、眼窩の角質膜が寒さで引き裂かれていく。すると、眼球そのものが膨張して中枢が痙攣することによって外側へ噴出し、雪で覆われた砂丘の頂上と、氷や霜の尖峰との間の、地平線上に消えゆく透き通った蜻蛉の飛翔を捉えるのだ。

男はその時、薄暗い虚空に向けて広がる白い両の乳房の間で、気を遣って果てた悦びで、その背の高い上半身をまっすぐに伸ばした。風が唸り、黒ずんだ旗がぱたぱたと風に翻るこの狭い谷間で、彼は全力を尽くして、精根を使い果たしたのだ。するとすぐに彼は、かつて我々皆が、学校の机の下で脚を縛りつけられ、生気のない丸々とした青虫だった頃のように、幼虫状態に戻っていくのだった。

彼は机を並べて彼女の隣に座っている。教室には誰一人姿を見せない。あたかも凍りついた旋風が彼らを他の児童や教師、さらには今では余りにもありふれた教室のあらゆる小道具から分け隔てるかのように。ところが校庭には、押し黙った子供たちで溢れかえり、朽ちた樹々の枯葉が規則的に窓ガラスに打ちつけられるのが聞こえる。彼女と彼は、二人きりで、そこにいない教師の気まぐれによって課された奇妙な宿題に悩まされている。それというのは、筆先が紙に触れることなく、インクの滴りを紙に振り落としながら、大きな白いシートからはみ出して、ある姿を現出させようというのだ。彼は緑のインク、彼女は赤のインクで、二人は筆を振り動かす。するとそこで、繊維や布地から突き抜けて、男の新奇な形象《イマージュ》となる驚異が常に芽を出すだろう。ところが、その場ではさらに、細い色縞の入ったメリンスのスカート、女子児童の黄色と黒のストライプのソックス、教室机の格子に引っかかった非常に丈の高い踵の尖ったエナメルのハイヒールがあったのだ。彼女は淫猥な娘のように滑りながら近づいてくると、彼女の髪の燃えるように熱い一群を彼の頬に降り注ぐ。それは彗星《コメット》や星《エトワール》の匂いであり、鹿《か》の子草の苗木を折ろうとして反り身になった女陰《おまんこ》の匂いだった、――次にそれは、彼を取り囲む、むかつくような樹脂の粘液の湖になる。その時、彼はそばかすのある坊やを自分は二度と卒業できないだろうと思った。なぜなら、もはやインクがなく、彼の筆は完全に空っぽだったからだ。すると、再び寄りすがってきた雪のような肢体が、よろける彼の両膝をすでに締めつけていたのだった。

*

帝国広場

人々が畏敬する偉大な広場。それは夜明けの寒さによってなおも広がっている。それはまた、称号を宣言するために生身に見せかけて描かれ、栄冠を戴いた彫像群が並ぶ、長く曲がりくねった柱廊の円柱を奇妙に震えさせている。奥にある宮殿は、中央ヨーロッパのバロック様式で建立されたファサードにまで、玉葱の球根状の夥しい丸天井の間に漂う妖しい蒸気に曇っている。その有名なファサードは、旅行案内書の表紙や世界中のあらゆる鉄道の駅舎で写真を見かけるものだ。そのファサードの前へ、赤と黒に身をやつした非常にたくさんの聖職者たちが、にやにや笑いながらやって来て、人魚の尾の先まで重々しい両脚を絡みつかせている裸身の女像柱を互いに肘で指し示している。君はその前で、儀礼に則って、百の青銅の扉、千の絹の帳《とばり》、鍬形状の胸当てを持つ万の青き矛槍兵の背後に御座《おわ》す、目に見えぬ皇帝陛下に敬礼するために、必ず自ら帽子を脱いで地面に跪いて通り過ぎていくのだった。

今夜の酷い寒さで、すべての池の噴水が氷に覆い尽くされているが、より不気味な白い鍾乳飾りが柱廊の丸天井で震え動いている。そしてもし広場が、髪を短く三つ編みに結い、絡みついた蛇のような髪型をしている、知られざる異人種の騎士たちに慄いているのであれば、そしてもし、鹿毛色の金の装飾馬衣を身にまとった可憐で奇異な象を打ち倒し、宮殿前で太陽光線をすべて集めて宏壮な大時計を燃え立たせている未開人たちに慄いているのであれば、そしてもし、彼らが石に突き刺さっている毛羽だった槍という槍に真っ直ぐ支えられた馬の骸骨をその場に据え立たせているなら、（うち二本の槍は、ぞっとする筒形花火のように、頭蓋骨の両の眼窩を貫いている）、そしてもし、帝国の最高長官たちが、エゾイタチの毛皮のコートと絢爛豪華な首飾りをなおも身に着けたまま、裸足の状態で、丸天井のアーチに吊るされているなら、そしてもし、宮殿に漂うこの蒸気が、実際にはその内奥を侵食するあらゆる火災の煙であると君が理解するなら、そしてもし、君が自分の縫われた瞼を引き裂き、その傷口が端まで見開いているなら——その時、征服者や死刑執行人どもが君という取るに足らぬ存在に注意を払わず、君がそこから逃れることができたとしたら、君は逃亡して何を期待するというのか？　かつては毎日のように、君はここで自分の懐中時計を象の大時計に刻まれた皇帝の謁見時間に合わせるようにしていた。そして今、君は虚しくさまよい、円柱の周りを巡り、彫像の背後に身を隠しながら、台無しにされた過去のすべての記憶に君を縛りつけるこの厳かな場所から自分を引き離すことができないでいる。君の頭上に吊されているこれらの男たち、かつて君は、たとえ束の間であっても、彼らの血のように紅く美しい冷淡な視線の流れのもとで、おそらく彼らにひれ伏すことほど素晴らしい光栄に浴することはなく、それ以上のことはあえて望みもしなかっただろう。君の唯一の務め、失われた人生の唯一の職務は、自ら時間の番人をすることだった。そして毎朝、皇帝の謁見時間を告げるため、自らの孤独な住処で、君は日常が死に絶えるまで、敬意を捧げながら時計を日夜見守るのだった。君にとって、すべては完全に終わっているのだ。今は冬だ、そして君は、これら異国のよそ者どもの時間に決して自分が馴染めないことを知っている以上、これからも常に冬は続くだろう。君の旧い主人たちは皆逝ってしまった、そして君は主人たちの処刑に値する存在だとさえ考えられていない、なぜなら、君は全人生の間ずっと、もはや存在していない何がしかの影でしかなかったからだ。

繰り返し

メレット・オッペンハイム*に

目撃者――彼がどこからやって来たのか誰が知ろう――は、墳墓の上、ぎざぎざの尖塔群の下、古城の前で目を見開く。その尖塔群は、茹でられた手足のように、病んだ木蔦の葉脈を浮きたたせ、荒れ放題の廃墟に立っている。苛酷な季節にもかかわらず、尖塔群は一層高くそそり立っているが、太陽がなく、恐ろしく重たい空を通して漏れてくる光が、全土を覆っている雪から発しているように見えるため、足元には影がない。目撃者のすぐそば、彼は身体のどんな部分も動かせるわけだが、ほとんど腕の届く範囲にいるのは、凍りついた池の氷に捕らえられた大きな人形だ。人形のブロンドの髪は、氷結した水底の中へ大きく広がっている。そして彼女の頬の色は、薄く薔薇色に塗られ、赤みがかった薄布で織り上げられており、それは長くて燃えるような錦織のドレスの上を覆う水晶の中で漂っている。白痴じみた甘い接吻をするかのように、少しばかり唇を開け、真珠のような義歯をのぞかせた磁器製の顔が、氷の外側に浮かび上がっている……しかし、池の上を滑り回る黒いスケーターのカップル——青っぽい軍服で武装するように天鵞絨にぴったり身を包み、連れの女の方は、母性的で夜行性の白鳥の羽毛に覆われた鞘《さや》型のドレス姿だ——は、恐ろしい勢いで人形の顔にまっすぐたどり着き、故意か偶然か、足首をわずかに曲げて、毎回、最後の瞬間にその顔を避けていく。ワルツを踊る二つの影が、黒っぽい手袋をはめた指と指を離さずに、轍に沿って屈強な叫び声を上げている。

土手の上には、牙や銛《もり》、薪束《まきたば》で武装した、とげのある奇怪な東洋の衣装を身にまとったジプシーの群れがまだたむろしている。彼らは解氷を待ち焦がれているようだ。氷が解ければ、ようやく大きな人形を氷から引き上げて、その貴重な衣装を掠奪する絶好の機会となるのだ。しかし、彼らが薪束やあらゆる器具を持って池に向かって一歩を踏み出すと、小さな子供が彼らの前に立ちはだかり、金持ちの子供なのだろうか、ぬくぬくとしたサテンの可愛いコートの柔らかな襞に包まれた絹のような肌が、彼らを怖がらせるのだ。すると彼らはゆっくりと後ずさるのだが、スケーターのカップルが美しく輝く子供の背後に非常に素早く回り込んで、人形の顔を掠めて通り過ぎると、ジプシーたちはすぐに元の位置に戻ってくるのだ。何度も繰り返されるそんな光景がある日に始まっていたとしたら、このすべてはいったいいつ始まったのか？　それはいつになったら終わるのだろうか、宵闇が再びやって来て、穏やかな夜になり、さらに雪が溶けて解氷の轟きとともに春がやって来るまで繰り返されるのだろうか？　スケート靴の刃が閃光を放って、凍った磁器が真二つに割れるだろうと想像すると、その激しく震える音を聞きたいという何という ねじれた欲望が昂じることか！　岸辺に沿って点火された二十もの薪木の間で、夥しい地の精が蠢くもと、大きな人形が掠奪されるというおぞましい光景を待ち構えようとする、何という歓び！　しかし光は常に射し続け、絶望的なまでに同じ光そのものなのだ。一連の動きは、ばかばかしいほどの機械的な正確さで繰り返される。ああ、この場所で時間がもはや中断されていることは明らかだ。そして目撃者は、スケーターが走り去り、ジプシーの群れが子供の動きに伴って前進し、次に後退する時、そしてすべてが際限なく繰り返されるために、なおも繰り返される時、かつてない苦悶に胸が締めつけられるのだった。

＊　メレット・オッペンハイム――Meret Oppenheim（一九一三～八五）　ドイツ生まれのスイスの女性芸術家、画家、写真家。シュルレアリスム運動に参加した女性アーティストとして知られ、マン・レイの写真の被写体としても有名。一九三五年に書かれたマンディアルグの詩集『白亜の時代』はメレットから多くのインスピレーションを受けており、さらに一九三八年夏、二十九歳だったマンディアルグはメレットと一緒にイタリアとスイスに旅行。彼女の美しさに強烈な刺激を受けたマンディアルグは「私がメレットに抱いた深い愛情を遮ったものは戦争です」と述懐しているように、一時期、恋愛関係だったが、メレットが戦争直前にスイスに戻り、彼女の結婚によって幕を閉じる。第二次大戦中の一九四三年に書かれた長篇詩『エデラ、あるいは夢想のあいだも続く愛』（一九四五年私家版・限定二七二部で刊行）は、メレットへの愛を綴り彼女に捧げられている。

未来の舞台劇

スタニズラオ・レプリ*に

日射しが弱すぎるせいで判読できないが、思いつくままにページを開いたこの「完璧な宝石細工職人」という書の中で、いくつかの言葉が目に入ったように思えた。すなわち《未来の舞台劇》。その言葉が、心地よい無気力状態から脱するほど私を打ちのめしたものだから、もう一度その言葉を探そうと試みた。しかし見つけることができなかった。ということは、この言葉がまったくの見間違えだったのか、あるいは、白い透角閃石《トレモライト》とも呼ばれる天然磁石を物珍しげに論じたこのページから、その言葉が消失したのだと認めざるを得なかった。だから私はその言葉に出くわした場所を思い出そうとした。すると突然、ターラント湾の古代都市で一度訪れたように思う、津波の襲来で瓦解したその画廊を、まるで昨日のことのように思い出したのだ。海が退いた時、その廃墟には、貝殻ですっかり傷つけられ引き裂かれた額縁や美しい黄金の数々のみならず、裂けた帆布や絵画までが残されたままだった。ところが、あたかも地獄の悪党というべき嘲弄好きな精霊が、我々の英雄や神々を愚弄するのを望んでいたかのように、塩と砂の下で破壊された四分の三の絵画が、その宗教的で神話的なテーマを奇妙に戯画化され、阻害されていたのだ。たとえば、召使を従えた愛の女王の明るい裸体の上には、陰毛のように卑猥な褐色の藻類の茂みが絡んでいる。聖アンヌの憂いげな美しい顔を覆う青い鰊《にしん》の鱗《うろこ》。天使の出現を告知するヤマアラシのように逆立つロブスターの触角。毛むくじゃらの肢や角やハサミ、そして触手の毛叢《けむら》の前で涙を流して跪くマグダラのマリア。これらは、子供の落書きか、古代の徒刑囚の挑発的な刺青でなければ、何も考えていない根拠なき気まぐれに他ならない。たった一つ、ガラスの下の小さな絵だけは無傷であるように思え、その瓦礫の真ん中で、私を案内していたガイドが私を導いたのもその絵の方だった。室内照明が当てられた額縁の中で、肘掛け椅子が連結した形状の十九世紀末のソファが、彩色されたカンバスの全スペースを埋め尽くしていて、ソファを覆う黄色と赤の縞模様の生地には、宮廷道化師の輝くばかりの衣装をまとった、すこぶる躍動的で精巧な幾人もの小さな人物が微小な水晶の陽物《いちもつ》を剣のように使って奮闘しているのだが、その顔と手の肌は、灰色の可憐な毛並みの下で見えなくなっていたのだ。それは、何らかの奇妙な寄生虫が、大災害時にガラスの下に忍び込んだ後、抜け出せなくなっているように見えた。するとその時、私が完全に納得した言葉をささやくガイドの声が、今でも耳もとに聞こえてくるのだが、今となっては、その言葉に私はこれっぽちも意味を見出せないでいる。

――いえ、シニョール、ご自分のことを猫だなんて思ってはいけませんよ。今、あなたがじっと見つめているのは、他ならぬ未来の舞台劇を完全に表現しているのですから。

＊

スタニズラオ・レプリ｜Stanislao Lepri（一九〇五〜八〇）　イタリアのシュルレアリスム画家。最初、モナコ公国のイタリア領事官だったが、一九四一年にレオノール・フィニ（一九〇七〜九六）と出会い、四三年からローマなどで彼女と同棲、四六年、領事官を辞してフィニとパリへ行き、画家となる。五二年、ポーランドの作家、コンスタンティ・ジェレンスキー（一九二二〜八七）が二人に合流し、三人での同棲生活がその死まで続いた。本作はレプリ作のタブローからインスピレーションを得たと推測され、レプリは戦後、著名な舞台美術家となっている。

赤い岩

その時、私は、鯨かウミガメの背中に張りついた蛭の群れを想起させる、重々しくねっとりして、生々しい血のように赤い一種の藻に覆われた、平たい大きな岩を目にした。それはぶるぶる震える沼の真ん中にあり、あたりに立ちのぼる霧の中に紛れ込むまでは、枯木のあらゆる色調から突き抜けていた。岩の上には、全裸で毛むくじゃらの癩病人と、ほとんど禿げ上がった猿とが、互いの姿を映し合うように向き合っていて、胸のあたりをかきむしる仕草は完全に同じだった。しかし、猿が体毛とシラミだけをむしり取っているのに、癩病人は毎回、青みがかった己の肉の分厚い断片をもぎ取っている。そして種を撒くように、二人とも、自分の惨めな廃棄物を、野生の鵟鳥類とおぼしき貪欲な水掻き鳥に投げつけている。その鳥は多種多様な鴨や、灰色の羽毛に覆われた荘重な白鳥類なのだが、めっぽう汚いご馳走にありついて驚いているようだった。

岩のそばに、私はまた、薔薇色の水着とチュチュ（訳注：バレリーナ用のすその広がった短いスカート）をはいた小さなオペラダンサーを見かけた。両脚がふくらはぎまで泥に埋もれていたので、彼女はまったく身動きがとれない。彼女の非常に長くて細い、漆黒の髪はすっかり乱れ、彼女の両手は背中で縛られていて、髪の毛の内側で両腕の重みにより引き下ろされている。彼女の頭の周りで、最も攻撃的な稀少種の海ツバメが騒々しく飛び回っているが、その真珠色にきらめく鋭いものが彼女を威嚇しながら矢のように飛び交う中で、彼女の顔は、絵画に描かれた美しい殉教者たちに見受けられる穏やかな静謐さをたたえていた。そして私は、この陰鬱な場所で、どんな破廉恥な祝祭が豪奢に繰り広げられるのか、あまりにも安易に想像したのだった。ところがどうしたことであろう、私は沼の表面に何ひとつ足跡を見つけられなかった。そこには、染みで汚れた長いくちばしを持つ罪深い一羽の鳥の頭蓋骨だけが漂っていたのだ。そのそばに浮かんでいる頭蓋骨を包《くる》んでいた毛皮を見ると、その頭蓋骨は、あろうことか一度もそこへ飛来したことのない鳥のものだった。さらにあろうことか、そのくちばしに付いた染みは、ダンサーのチュチュを繰り返し汚していたのとまったく同じものだった。しかも、藁編みの手袋といくつかの白い木片が残っている他は、あとのすべてが白蟻の咀嚼によって貪り食われ、レース状に変質していたのだった。

*

羽根の車輪

夕陽が燃える針のように鋭く射し込む、小さな水晶を散りばめた黄色い石のテラスの上で、カモメの羽根ばかりで作られた車輪が、この遅い時間でも、戸外で感じられないほど完璧な静寂の中で、水平に動いている。その形状は、正確な円というよりは、かなり気まぐれな楕円だ。車輪の端に、ねじ曲げられた長い腸が、血まみれの藁で栓をされて張りつけられ、非常にゆっくりと回転して車輪を動かしている。そして海中の骨でできた眩いばかりに白い大きな弓状の車軸が、そこら中に走っている蟻や害虫によって肉を剥ぎ落とされた鯨の肋骨のように見える。風はまったく吹いていていない。テラスの下に広がる海は、今もなお、城壁の背後にある隠れ洞窟へ小舟が引き込まれるという言いしれぬ恐怖で、漁師が常に怖れているのだが、完全になめらかな黒い背中を見せている。車輪の羽根は生々しい血を浴びて、生贄の祭壇のように、下にある石盤の上にその雫を滴り落としている。遠い昔、明らかにそこで人の手で掘られたと分かる幾条もの水路が、天秤棒に吊された青い金属製の盥に向けて、その血を送り込んでいる。そこにはまた、いくつもの温度計を設置した気圧計があり、その装置は空気中の湿気を測定するために一斉に活用されるらしい。城の一階の窓々は、その装置の表示に従って、夜になると開閉を調節される。というのも、城にある部屋はすべて病人の居室であり、敗残者に見られる熱にうなされた妄執が、この城に棲んだ古《いにしえ》の大司教の居室の壁という壁に描かれたフレスコ画に、気違いじみた狂おしい画像《イマージュ》を揺曳させているからだ。

アマゾーヌ

フェデリコ・ヴェネツィアーニ*に

我々の乗った馬が難儀して歩んでいた泥濘《ぬかるみ》の小道で、乗馬婦人《アマゾーヌ》が全速力で塵埃を巻き上げながら疾駆して、我々を追い抜いていった。とびきり美しく、とびきり誇り高い女性、その姿は、我が小さな町の住人が《イングリッシュ・ガーデン》と呼んでいる道筋で、かつて見かけたことのないものだった。それはまさに、女性であろうと獣《けだもの》であろうと、残酷なエレガンスの化身であり、鞭をひとたび打つだけで、湿った堤に花咲く黄水仙の鮮やかな黄と緑でさえ、我々の前で色褪せるのだった。私の心に残っているのは、あたかも春に飛び立つ黒歌鳥《クロウタドリ》の敏速な両の翼のように、凍りつくほど真っ黒な両襟の間に覗く、白い胸当てに黄金のピンで留められた狼の歯のイメージだった。我々のそばの草叢で、粗末で色とりどりの布地をまとった孤児の大群が走り回っている。栗色、鹿毛色に赤茶色、灰色に赤褐色、鮮紅色に紫、青に灰色。彼らは修道女と一緒になって、我々の馬の歩調に合わせるように、歌を唄っている。それは前世紀の有名な殺人者に敬意を表して作られた単調な哀歌だった。各々の歌節のはじめに、《ドン、ドン、ドン》と、まるで刑場へ曳かれゆく最中のように、太鼓の擬音が伴っていたことを私は覚えているが、それは電線の間で鳥たちがさえずる音よりもはるかに現実的ではなかった。

それから我々は、曲がりくねった小道がすべて見える小さな丘の上にたどり着いた。ところが、美しき乗馬婦人《アマゾーヌ》の姿が消えている。我々は遠くまで目を凝らしながら虚しく彼女を探した。その時、かき回された樹々と鉄くずの混乱した音がして、我々はすぐそばにある草原の窪地に視線を落とした。そこには、おぞましい毛皮の上にたっぷりと髭を垂らし、石灰にまみれた土人の部族が所狭しと動き回っていた。

《鼠狩りの連中》だと私は思ったが、乗馬婦人《アマゾーヌ》がその真ん中に横たわっていて、地面に水平に置かれた柵に縛りつけられているのが見えた。そして男たちの幾人かが、手綱で彼女の馬を曳いて、その脇腹によく響く平手打ちを食らわしながら、貪婪な仕草で、貴重な馬具一式を手に持って重さを量っている。

——彼女の持ち物は、と私の連れが言った。それは襲撃掠奪する以外に、絶対に代価を払えないほど、とびきり豪奢なものだ。だから今、連中は道の曲がった場所に罠を張って、この落とし穴で生け捕りにしたのだ。連中が彼女に投げつけた網が、まだ樹々の下にぶら下がっているのが見える。彼女が途中で我々を追い越していなかったら、我々が連中の手に落ちていただろう。

彼は私に逃げるよう促したが、勝利の場を想像することよりはるかに破廉恥なこの光景から自分自身を引き離すことができなかった。これが単に滑稽な出来事だとして怖れていなかったら、私はアマゾーヌの解放と引き換えに、自分の身体と財産を差し出していたことだろう。もし今ひとたび、彼女が馬に鞭打って、全速力で駆け抜けて連中から遠ざかり、その嘲るような美しい視線を私に浴びせるなら、自分が犠牲になるのを何一つ後悔することはなかっただろう。そしてもし私が一人きりだったら、あるいは、連れの手前、遠慮していなかったら……

　にもかかわらず、我々は、立ち退くまで、なおも目を凝らしていた。これら男たちが、この捕虜の着飾っている小さな毛皮のマントを剥ぎ取り、順々に、悲劇の小娘のポーズ、あるいは踊り子の身振りを真似て、大げさに体を反りかえらせているのを。そして彼らは彼女の歯を調べようと、無理矢理、彼女の口を開けさせたのだが、そこに金を見つけようとした彼らの期待は見事に裏切られた。最も年老いた連中の幾人かが、彼女のスカートをぎりぎりまで高くまくり上げ、光沢のあるブーツの上から、黒いレースのストッキングのガーターにまで、その分厚い指々を走らせているのだった。

＊　フェデリコ・ヴェネツィアーニ――Federico Veneziani　一九四一年にレオノール・フィニと結婚するが、すぐに離婚した。フィニにとって生涯でたった一度の結婚相手。当時、フィニを通じてマンディアルグの友人となった。

逢魔《おうま》が時

彼は、浜辺に近い海草の中で満月にしばし引き寄せられる青いウナギを捕まえようと、入り江の端にある岩礁を探査している時、この女に出くわした。獲物袋が空っぽのまま引き返そうと、他よりも背の高い岩盤の曲がり角にある、羽毛に覆われた小さな水たまりに、足を踏み入れないよう注意しながら跨いだ時、突如、彼はこの異様な女性《にょしょう》の前に自分がいて、それが古代の衣裳をまとった輝きの中で、妙に美しいことに気づいた。黒リスのように押し黙り、鶏小屋の堆肥の上で成長した大きなニワトリよりも豪奢で光り輝いていて、刻まれた銀と鉄で身を固めた重厚な騎士さながら、サテンやシルク、飾り紐で武装して暗がりから抜け出てきたのだ。その女性《にょしょう》は、普段見慣れた風景の様態とは思えない、黄褐色の光の燦めきの下で、海面に向かって細長く縞状に漂う白い微光の間で、困惑しているのだった。

最初、彼は茫然とし――海神さながらに、彼が手に持っていた背の高い三つ叉の矛《ほこ》の滑稽さに、女は戸惑っているのだが――女が身動きしないと見て取るや勇気を奮い起こし、刺繍された大きな袖飾りの花冠よりもかよわい手首を捕まえた。女は抵抗したり、いささかも拒絶したりしなかったので、彼は、町が波打ち際の砂丘の中に打ち建てた、人里離れたビルの最上階にある、彼の住む埃っぽくて広々とした部屋まで女を連れて行った。

ずっと前から、彼は、兵舎や衛兵所、検疫所があった、自分の住まいの陰鬱な外観に慣れてしまっていた。それは新しいのだが、完成する前にほとんど廃墟同然に捨て置かれて荒廃した大きな建物だった。最近では、美しい住まいの趣味は下品に感じられる。というのも、そんな所に、彼が井戸の巻き上げ機の近くで好んで捕まえる小さな町の娘たちは誰一人おらず、彼女らの父や兄弟が働く炭坑の出口で、壁に塗られた粗悪なセメントの深く開いた亀裂や、ひび割れたパイプから流れ落ちる茶色の流れが灰色のひどい外壁を上から下へ汚していくことすら目にすることはないからだ。彼が土着民の濃い栗色とは異なる北方系の淡いブルーの瞳を彼女たちに大きく見開いて腕を組むと、すぐに彼女たちは皆、今宵の女と同様の従順さで、いつも彼につき従うのだった。彼は最も若い娘を選び、その中で太った娘、すなわち場末で見かける少し病的に脂肪がついて、すぐに頽《くず》れていく娘を探した。早く凋落していく若さは、彼にとって抗じがたい魅力を持っていた。そして、彼女たちの薄汚れた肉体を凌辱する卑猥な儀式、もしくは、彼女たちが彼を仰天させるほど彼に苦痛を与える陰険で予期せぬ遊戯を思い出すと、彼は決まってうなじが微かに震えるのだった。

　建物のエレベーターは、稼働したその月に機能を停止した。それによって人が死んだわけではないが、嘆かわしいことに、錆びた滑車の溝を壊したケーブルの端で動かずに宙にぶら下がっている。だから彼は九階までの階段を徒歩で上らなければならず、しかも中二階より上は手すりのようなものがなく、工事終了前に取っ払われていたのだ。それでもあまり疲れを感じないのは、壁を傷つけた無数の落書きが注意をそらすからだ。同様に、途方もない量の赤茶けたゴキブリが一歩ごとに踏みつぶされている。それは、港で降ろされた積荷とともに、海の向こうから運ばれた外来種のひどく不潔な生き物が、絶滅されずに建物に侵入してはびこっていたのだ。

部屋にたどり着くと、女と彼は互いにひと言も発しなかったが、警察のスパイが至るところに潜んでいて、警察の残虐行為を片時も忘れないこの国で、彼は黙って同意を求める他にしようがなかった。この建物に誰が住んでいるのか正確に把握しているから、彼は念入りに女の背後のドアをロックしたのか？ 静けさがここを支配したことはかつてないのだ。というのも、入居者がほぼ毎晩のように部屋を変わるので、薄暗い廊下で重い物体が引きずられるのが聞こえ、それが衝突して大音響をたてると、階下でうめき声が続いたりして、いつでも眠りから引き離される。またある時は、踊り場で口論する見知らぬ人間の怒りの声、あるいは夜明けまで必死に叩かれるドアの音がして、誰もそれを止めない。だから、ずっと前から、管理人は日が暮れるとすぐに守衛室を閉鎖して、夜中の出入りに、あえて関わろうとしなくなったのだ。この連中が住んでいる理由など誰も知る由はないが、彼らは荒っぽく、誰も理解できない外国語を話す。そして暗礁がそそり立つ海岸沿いに、荒くれ者どものたくさんの明かりが朝まで灯っているわけだ。

女は部屋の真ん中にいて、ぐるぐる回る光の束のように視線を動かしている。鏡張りの衣裳箪笥、二つに分割されたマットレスのある大きな白い木製ベッド、肉屋の器具に付着するよりさらにどぎつく凝結した血を映し出す三つの赤いエナメル、つまり洗面台と痰壺とビデの丸いへこみが、次々にはっきりと女の視界に現れた。その間、彼は素早くベッドに入ったので、女は彼が服を脱いでいることさえ気づかなかった。部屋をひと回り見終わると、女はシーツの間で待っている彼の姿を認めた。最悪の事態に直面して反抗の態度を示さんばかりに、あまりにも誇り高く、女はその時、鳥が身動きするように、自分の豪奢な衣裳を、一枚一枚、順々に剥ぎ取っては、足元へ、黒っぽい泥で汚れた床の上に滑り落としていく。しかもその床には、数々のゴキブリの死骸と、肉の脂身を入れた鼠取り器に入り混じって、爪先から上部まで長い鎖で結び合わされた、貴婦人が使い古した編み上げのブーツ類が散らばっているのが見える。その場が、祝祭の一環として、黄金と棕櫚の葉飾りで讃えられるべき、勝ち誇った光景に変わっていくのだ。女はたちまち裸になるが、その美しい茶色の髪が、白鳥の小さなケープのような女の肩越しに揺れ動く。そして彼は、湾の岩礁における二人の最初の出会いの焔に包まれるように、ほとんど暴力的な欲望に突き動かされていくのを感じるのだった。

背後から荒々しい音がたてられると、その瞬間、鏡張りの衣裳箪笥がぐらつき、彼がその存在を予想だにしなかった一種の地下道への入口が姿を現した。すると三人の男がそこから部屋に飛び込んできて、マリオネットのように手足を自在に曲げて大げさな仕草をする。彼らの顔は頭にかぶったシェシア帽のせいでよく見えないが、カフェコンセールでのトルコ人のように、東洋風の異様な衣裳を身にまとい、ロクム菓子（訳注：トルコの砂糖菓子）のような薔薇色の手袋をはめた両手で、ハサミと剃刀とバリカンを、頭上で輝かせている。彼らは女の周りで、その美しい髪が消えてなくなるまで、カチカチという音をたてながら鋼を旋回させて責め立て、それが終わると、三人ともからかうような挨拶で最敬礼をした後、来た時と同様忽然と姿を消した。

今、女は全身真っ白で、うなじから睫毛まで頭を剃られ、寂しい笑いを浮かべながら、そのぞっとする裸身を彼に向けた。ところが彼は、すでにベッドから飛び降りて、床に落ちた髪の毛やシルク、天鵞絨、匂いを発するレース生地を拾い集めていたのだ。すでにベッドは、一層隠微な愛欲のせいで閉ざされていたのだった。

*

騎兵学校

レオノーラ・カリントン*に

耳覆い付きの肘掛け椅子で、男爵は少しミイラのように見えたが、実はそうではなかった。その古びた肉体の感触に残る痛ましい印象にもかかわらず、やつれた鼻からほとんど顎の下に落ちた皮膚の長い皺を、我々の指が持ち上げるとすぐに、彼は色褪せた歯茎の間で、黒い舌を小刻みに動かし始め、最もおっちょこちょいの老いたインコよりもひどく、ぺちゃくちゃしゃべりまくるのだ。だから我々は、ヤリイカのひれの形をしたぶよぶよの二つの皮膜、つまり彼の両頰に、良質の安全ピンを留めて固定してやるのだ。暗がりにいるといつも、唇や口の周りが、萎びたレタスの葉っぱに縁取られたエンダイブの房のように、顔の他の部分より一層白く見える。不思議だったが、それを綺麗だとはとても言えなかった。

――私はずっと前から騎兵隊の将校たちが好きでした、と彼は鼓膜を引き裂くような小声で言った。丸ぽちゃの顔、糸状の口髭、軍靴を履いた足をもう一方の動かぬ足にぶつけ――そして拍車がカチンと稼働する操り人形《マリオネット》のような騎兵隊の将校たちの兵舎があるすべてが好きでした。彼らは白い紐で結んだあら皮の胴着をまとい、黒い森の夜警につこうと、木工の新しい良い匂いのする厩舎を後に、玩具のように連なって、ぎこちなく行進します。そのすべてが私の人生で最も明るく純粋なものでした。次の言葉を信じてほしいのです。私は青年時代から五十歳になるまで、馬術専門学校の調教課程を履修する他は何もしませんでした。季節が巡り来ても、私は修了試験を受けることを拒否しました。私の言い分として、十分に準備ができていないと判断したからです。私は授業料を払っていて、自分の家柄が学校の名誉のひとつになっていたので、自分をさらに上達させようと、もう一年間、課程を再履修するのは困難ではありませんでした。それ以来、毎年そのことが習慣になりました。私は家具みたいに凡庸に、何ら変哲もなく日々を過ごしました。戦闘服の胴衣を着た若い将校たちが庭の真ん中で馬跳びをして遊ぶ鞍馬《あんば》よりも、私は顧みられることはありませんでした。それ以上、私に何を望むことができたでしょう？

私たちがそこで乗った馬たちは――私は言っておかなければなりませんが――誇り高い生き物でした。もし今、馬たちの何頭かが、あなたの座席にいるとすれば、彼らはあなたのように私に耳を貸すことはなく、馬鹿みたいに椅子を揺り動かして、手もとにいる私を嘲笑うでしょう。しかし彼らはむしろ、耳を大きく動かして、ハンガリー風に目をウィンクすることで、私という人物にふさわしい気遣いと敬意を私に示すのです。

私たちは馬の横腹を足で一発蹴り上げることによって、私たちのあらゆる要求を理解させようと調教し、ほんの少しのタッチで、旋回、クルベット（訳注：馬が後脚で立って前脚を曲げた姿勢）、カプリオール（訳注：空中での後脚のけりを含んだ脚をそろえた跳躍）、攻撃のステップもしくはスペイン風のステップ……を仕込みました。私は自分専用の一頭の馬を持っていました。それは学校で最も美しい馬で、黄金の毛並みゆえにフェブスと名づけられていました。私は、前の晩にどこで眠りに落ちたのかを思い出せないまま、厩舎の馬の独房で夜明けに目覚めることがよくありました。たぶん馬が私の衣服を顎にはさんで私を運び、そこへ寝かせてくれたのでしょう。そして、学校の規則に反して、私は彼の長いたてがみを三つ編みにしました。愛する牝馬に対して夢魔《インクブス》がそうすることを本で読んだからです。

学校での最初の数年で自分の生き方を見失い、誰も私に話しかけなくなったと、私はすでに語っていたかもしれません。そんな時のある朝――とても寒く、北方から飛来する鳥の群れが白い町の上を白銀の三角形を描いて通り過ぎていったのを覚えていますが――私が中庭に入るのを見かけるとすぐに騎兵隊の伝令が私に会いに駆けつけ、寒暖計が零下に下がると身震いするように、酔っ払いみたいに両脚を少し震わせながら、陽気に挨拶をするのでした。水蒸気の後光に包まれながら、この男は青い輝く目で、私の小隊長のユト大尉の代理として私に告げました。大尉はフェブスを自分のものにすることを決定した、それゆえ翌日から始まる遠乗り訓練のために即座に別の馬を選ばれよと。確かに私は、クイド司令官や、あるいは以前に我が父を偲んでいくらかの厚情を示してくれたヌンク大佐のもとへ訴え出ることができたのは事実です。さらに学校では姿を見ない総督、クイブス将軍にまでさかのぼり、訴えを試みることさえできたはずです。総督の力強い署名は、下士官の食堂のドアに貼られたあらゆる通告のもと、手綱や馬銜《はみ》や乗馬鞭といった生活環境の中で棒立ちにさせるものがありました。私はその権利を行使することを熟知しており、そうすれば、おそらく補償を受けることに成功するでしょうが、私は規則を常に軽視してきたにせよ、上官の命令に異議を申し立てることは決してありませんでした。私をこれ見よがしに凝視するこの厩舎の下卑た腰巾着、つまりこのユト大尉の回し者――私はそう確信しているのだが――に、悔しさを見せないように、酷寒にもかかわらず、私は怒りで汗を流しながらも、口を噤んでいました。私の無関心な表情にがっかりしつつ、彼は再度敬礼し、なおも私を注視しようと、二、三度振り向きながら、引き返して行きました。長い間ひとりでいることはありませんでした。つまり車庫が並ぶ中庭の隅から、幌付き二輪馬車が私の方に運ばれてくるのが見えたからです。それは一対の車輪の上に組み立てられ、二頭の馬に曳かれたお粗末なカブリオレ馬車でした――というのは、このように乗用馬を繋いで、初めて騎手に試乗してもらうのは、学校では慣例であり、少なくとも馬鹿げたことではないからです。非常に独創的な着想で考案された弾力性のある馬具は、まず何よりも馬にあらゆる独立性を残し、足取りに最大限の自由をもたらします。つまり代わりの馬を試乗させるために見せに来たに違いありません。

このちぐはぐに繋がれた二頭立ての馬のうち、なぜだか分かりませんが、すでに私は太った方の馬を警戒していました。事実、私は太った馬には見向きもせず、反対に、小さい馬に近づいて撫でさすり、機嫌をとり、首の上に平らに手を置いてやるのでした。私は規則によりペリース（訳注：軽騎兵などが片側の肩などに引っ掛けて着用する毛皮の付いた丈の短いジャケット風マント）を袖にかけ、若い将校の冬場の制服である裏地付きのドルマン（訳注：昔の軽騎兵の肋骨のついた軍服）を着ます。そして自分の選んだ馬に飛び乗ると、私ども一行の前で、町の方角に面して見える学校の紋章で飾られた両開きの鉄格子門が、大音響とともに開かれました。

雪と雹の狂わんばかりの嵐の中で、目が開けられず、私の背後の景色すべてが瞬時に消え失せていきます。今回ばかりは、樹々の枝で撚《よ》り合わせた貝殻型の可憐な住居も、ゆるやかな斜面も、選帝侯の君主の城も見えません。やっと目を開けると、そこは荒壁土の掘っ立て小屋や凍った池が点々と続く平原でした。私は町をすっかり通り抜けてきたのでした。そして今、馬たちは、果てしなくまっすぐ続く大通りを全速力で駆け抜けています。道の両脇には、曲がった電柱、雪を溶かすほどの酸で錆びついている大量に堆積した廃物入れ、ヤクやラクダや紛い物めいたゾウガメの骸骨が累々と連なっています。その道は、町の東の境界、二つの界域にまたがる埋葬墓地に通じた凱旋道路でした。それで私は、新しい自分の馬の能力を試すため、もっとふさわしい走路、あるいはこの人けのない場所よりさらに秘密の地へ向かう走路を探しますが、見つけることができません。

そこで私は馬たちに足並みを揃えさせようとしました。そして学校で教示してもらったように、私の下にいる馬の横腹を乗馬靴で探りを入れます。しかし無駄でした。私にはこつが分かりません。私が命じたことを、実行したり、足踏みしたり、カブリオールすら、馬がまったく何も従おうとしないことを感じたのです。私はこのようなまったく素直でない馬に乗ったことがありません。草原の寒さの中で、怒りがすぐに燃えたぎり、即座に私は拍車（訳注：乗馬靴の踵に付けられた金具で、先端に小さな花車がついており、これで馬の腹部に刺激を与えて馬を制御する）を用いて馬の横腹を引っかきました。メリーゴーランドの白鳥、もしくは金めっきされた木製の豚ほども馬は身震いをしません。何たることでしょう！　小さな馬が荷台を曳くしか適していないとすれば、私は太った馬への嫌悪を直ちに克服する必要があります。それゆえ、私はブレーキをかけ、もう一頭の馬に乗り換えました。すると、なんて素晴らしいのでしょう、その太った馬は私の踵を横腹に感じるや、私がやりたいことを何でもするのです。まったくフェブスさながらに、あるいは彼よりさらに優れています。彼は後脚で立ったり、ひざまづいたり、後脚で旋回したり、頭を上下に振ったり、意のままにいないたり、サーカスの種馬のようにダンスをします。この馬は私の両脚の間で調教されたことさえないわけですから、その非常な知能に恐怖を覚えるくらいですが、私の意図を先に見越すことはないにせよ、彼は私と同様に考える生き物でした。

彼をよく調べてみますと、両耳の間から頸部に沿って、たてがみで半分隠れた部分に、皮膚が奇妙に縫い合わされているのがはっきり分かります。熱気で膨れた柔らかな気球のように、私の両膝が食い込む彼の腹の丸みもまた私を一層不安にさせるのです。ほう！　私は手綱を曳き、むぞうさにフェイントをかけて下へ飛び降り、まるで道路脇に小便をしに行くかのように、馬の前を数歩歩きました。そうして、なおも普段どおりの落ち着き払った調子で振り返ると、その時、私の乗った馬の脚が、小さな馬やあらゆる種類の馬がたいてい使用している蹄鉄をはいておらず、それどころか、ある種の袖のような、馬の皮で作られた長くて柔らかいチューブをはいて脚を隠し、砂塵の中で脚の裏をむきだしていることに気づいて本当に恐怖を感じたのです。さらに恐ろしいのは頭の部分です。その両眼は、眼窩よりはるかに大きな鉄格子の金網で蓋をされた二つの楕円形の窓によって隠されていたのです。

その瞬間、私は馬が人工的なものであり、私を騙そうと、一人ないしは複数の人間が馬の中に隠れていることを悟ったのです。ユト大尉はうまく罠を仕掛けたわけですが、私はどんなスパイよりも利口にならなければなりません。そして何事もなかったかのように、少なくとも、正真正銘、ただの獣でしかない小さい方の馬に飛び乗ることをせず、馬の手綱を引いて町に戻りました。

もう一度私は、道の真ん中まで影を引く黄昏時に、不気味な戦利品の残骸に挟まれた道を、この太った馬で全速力で疾走してみました。私が跨がっているこの太った馬の中にいる何者かとの不気味な近接状態に恐怖を覚えながら、その偽装を私が見破るのを奴が感じる前に、そして奴に裏切られ、私の財産をかすめ取られる前に、どうやって、この重苦しい歳月と敵兵から逃れようかと自問していました。

ついに町が現れ、今まで見たことのないような背の低い城門に入り込みますが、私は馬の操縦に留意することなく馬の首から手綱を手放して、路地裏を気まぐれに赴くがままにさせました。ここは相当古い城郭外の区域です。動物の曳く数々の荷車や人々が奇跡のように私の前に姿を現し、私が通り過ぎた後もすぐにまた迷宮のように道が入り組んでつながっていきます。私は街路の両側の窓辺にいる女たちを鞭打ち、女たちがバルコニーで栽培している哀れな花々を摘み取り、垂れ下がっている彼女らの髪の毛を手にとって、そのほぼすべてを指でかき回すことも、しようと思えばできたわけです。ところが、この肥満したぞっとする御輿のような軍馬に潜む恐るべき乗組員がいるにもかかわらず、私は誰にも気づかれずに進んでいるのです。早鐘が鳴り、公安たちが現れ、狂信的な群衆が押し寄せ、聖水やヴェール、聖遺物を振りかざす悪魔払いの司祭たちが出現するのを期待するのですが、あたかも私が目に見えぬ存在なのか、あるいは皆が盲目であるかのように、実際にはまったく何も起こりません。

私はホテルとおぼしき明るい大きな建物の前にたどり着きました。それは不完全に閉め直された引き出しのように、木とガラスでできた食堂が壁から外へ突き出ているせいで、道の半分が狭まっています。そこで催されている結婚式の祝宴を覗こうと、非常に密集した群衆が食堂の窓ガラスにぶつかって来て、私の連れである馬が前後に移動できずに取り囲まれてしまいました。これが、空中へ身を翻して馬から降りるきっかけとなり、私は群衆へ身を投げました。そこで自分の姿を消し、とりわけ、太った馬を見失うことを私は望んだのです。というのも、そいつは寸分の隙もなく、もっぱら私を呪縛する、より危険な戦闘用の機械だからです。

城門の周りの、何という喧噪でしょう！ そこには、奢美な軍服を着た陰気そうな男たち、とびきり強烈な色彩の、とびきり斬新な前世紀風の衣裳に身を包んだ——鏡に燦めくばかりの王冠型に結われた漆黒の髪、どぎつい化粧と鵞鳥の油脂で汗ばんだ肌の——女たち、浮浪者たち、楽士たち、長髪を編んだ大道芸人たち、熊使いたち、毛深い子どもたち、野良犬たちで溢れかえっていました。苦労してこの人混みをかき分けて通り抜けると、その時、背後から私を呼ぶ声が聞こえます。《マクシミリアン！ マクシミリアン！》、私の母が亡くなって以来、決して耳にしたことのない非常に純粋な遠くからの声です。振り返ってみると、もう目に入るかもしれないと十分に予感していたもの、まさしくそれは私が怖れていたものでした！ 関係を断ち切ったはずの太った馬、悪魔のような奴は群衆を通り抜けて私を追いかける術《すべ》を心得ているのでしょうか。年長の子どもたちが、この時、渦を巻くように道をさえぎっていた婚礼の行列から馬を少し遠ざけようと、馬のたてがみにぶら下がっています。そこで私は十分に逃げようとすることができたのですが、怪物からどうしても目を離せず、いきなり——これはまさに、角がはえた太った蝶が蛹《さなぎ》から産み出されるようなものだ——馬の胸部から額まで、すなわち両眼のある箇所に付けられた二つの金網の窓の間にかけて、ほぼわずかにチャックが燦めいて、中が開いたのを目にしたのです。ブロンズの緑青《ろくしょう》を想起させ、長い銀のヴェールに包まれた若い女性が出て来て、私に微笑みかけるではありませんか。その顔は月明かりの池に反射した私の顔のように見えました。彼女が私に近づいてくる時、私はかなり優柔不断に彼女から逃げました。というのも、なぜだか分かりませんが、彼女に追いつかれたい、捕まえられたいという欲望があったからです。実際に、群衆の渦が、八角形に囲まれた人影のない狭い場所に私たちを一緒にほうり出したのです。そこで私は彼女のそばで為されるがまま、彼女の裁量に身を任せることに非常な幸福を覚えました。それから、狼が出そうな樅《もみ》の木陰の孤独なベンチで、彼女は私を腕に抱き、その美しい瞳で、過去に私が感じたことがあるような熱烈な甘さで私の瞳を完全に塞ぎ、そうする間に、彼女の唇が、生温かな唾液が溢れる、拒むことのない長い接吻《キス》で私の唇と結び合わされたのです。深紅に覆われ、悪夢に満ちた、暗い大きなベッドの中で、かつて私が過ごした子どもの頃に少しずつ戻っていくように感じる接吻《キス》でした。

少し軋んだ音とともに、男爵は話すのをやめた。我々の懸命の努力にもかかわらず、彼は疲れていたせいで、再び話を始めることができなかった。我々は安全ピンを彼の肉から注意深く引き抜いた。その鋼は一滴の血にも汚れておらず、皮膜が柔らかなパテの音を立てて彼の口の前へ再び垂れ下がった。そしてすべてが再び日常の秩序に戻った部屋のカーテンを閉めると、我々は忍び足で立ち去るのだった。

＊　レオナーラ・カリントン──Leonora Carrington（一九一七〜二〇一一）　イングランドに生まれ、主にフランス、メキシコで活躍した画家、小説家。一九三六年にマックス・エルンストと出会い同棲、国際シュルレアリスム展にも出品し、マンディアルグやレオノール・フィニとも親友関係にあった。

*

裁かれる快楽のパサージュ*

レオノール・フィニ**に

そのすべてを回避するのはとても簡単だっただろう。君の猫が暖炉の前でそっと唸りながら、ランプの火で金色に燦めく蝶が飛んでいくのを目の隅でじっとうかがっている。外の寒気で軋む窓枠。テーブルの上には、空白のページがフレーズを見失って開かれたままだ。しかし君は、いつも夜に外出し、ドナウ川沿いの大都市の半ば東の郊外をうろつくのが好きだった。背の高いセメントのブロック、壊れた厩舎、節くれ立った茅屋、荒れ果てた木製の倉庫、年寄りやジプシーの娘たちがたむろする空き地、名もなき場所、ささいな物体、売女《ばいた》たち、そうした間を縫うように巡る轍《わだち》に刻まれた街路沿いに、雄鶏が最初に鳴くまで迷い込むのだった。

だから、いつもの夜と同じように、今夜もそうだった。君が目を開けると、燃えさかる大聖堂のステンドグラスのように異様に照らし出された、〝裁かれる快楽《プレジール・ジュスティシエール》〟という名のパサージュの正門前にいるのだった。踵から口髭の先端まで蝋引きされ、鵞鳥の羽根で刺繍された黒と白の制服姿の守護兵分隊の上で、そのパサージュの名を刻んだ文字が燃えるように輝いている。ほんの少しの間、君はそのような名称が何を告知し得るのか、そしてなぜ、これらサーベルを持った番人たちがいるのか自問していたのだが、後戻りするにはすでにあまりにも遅かった。というのは、君は闇や孤独から急に抜け出すと臆病になってしまうものだから、守護兵たちは、警戒心と同情をないまぜにして、君が少しでも逃げようとすればそれを阻むような特別な調子で君を通過させたからだ。中に入ると、かなり広く、かなり天井の高い歩廊が続き、ごく稀に通行人が入り乱れて通る他はほとんど空っぽだった。通行人は、入口近くの地下の露店で買ったスイカの巨大なスライスを貪るように食べるふりをして、自分の顔を隠すのに細心の注意を払いながら、お互いを避けていた。君は、消化の悪いその果物が好きではないし、その紫がかったピンクの色合いに吐き気を催すのだ。しかし、露店商の男が君に笑いかけようとして手を差し出し、店の穴倉から出て来て、そのおぞましい笑い声をパサージュに長く響きわたらせた時、君は、他の客と同じように君にそのスライスを差し出した露店商を無視したことをひどく後悔するのだった。なぜなら、店頭から漏れる縞状の紫の光でそれとなく分かる檻の中から、獲物を追う猟犬どもが突如躍り出たように君に見えたからで、なぜそう見えたのか、誰が分かるというのだろう？　君はその手、その笑い声、そして猛り立った犬どもから身を守ろうと、そしてコガネムシの群れのように、赤と黄色に輝く陶製の丸天井に吊され、ガスでシューと音を立てている大きなシャンデリアの列から放射された剥き出しの光から逃れようと、薄暗い片隅を見つけようとした。しかし、どこにも逃げ場がなかったので君は前へ進んだ。すると入口付近でさまよっていた他の連中は、なおもスイカのスライスで顔を隠しながら、君の後に続くのだ。先頭の連中が、馬肉屋のようにどぎつい赤い鉄格子をはめた奇妙な店舗が並ぶ前で君に追いついた時、突如、店の中から音楽の爆音がどっと鳴り響いた。それはパサージュの奥まで、店から店へ伝播するリズミカルな曲だった。おまけに柵の後ろで、君に近づく身振りをするかのように、厚化粧の女たちが姿を見せたのだ。その時、君が気づいたのは、パサージュ全体が途切れることなく続くダンスホールでしかなく、顧客を引きつけるために、すべてがこの種の檻の中でバレリーナたちを均等に展示していることだった。柔らかな薔薇色の光を浴びて、マラブー織り（訳注：極めて細い絹撚り糸、すなわちマラブー糸で織った織物）のクッションの上でかなり背の高いハイヒールを履いて、彼女たちは普通の女性より一層美しく見える。しつけのよい笑顔で開いた彼女たちの口からは何ら言葉が発せられず、その仕草は、大きな人形のように人を引きつける機械仕掛けの魅力がどこかしら感じられないこともない。これら君の間近にいる、虜《とら》われ女《びと》たちは、各々にあてがわれたダンス・パートナーによって檻の中で引きずるように回転しているのだが、その間、これらの愛らしいパントマイマーや、練り歯磨きの広告のように赤過ぎる歯茎に白過ぎる笑顔が並ぶ不気味なトンネルの真ん中で、君は埃まみれのスイカの切れ端の間に立ち尽くしているのだった。その時、姿の見えない楽団員たちが一斉にかなりゆるやかな拍子をとり始めると、それと同時に、君に向けて投げ出された腕の動きや、睫毛の重たい帷《とばり》を開閉させる瞼《まぶた》の動き、美しい胸にそっと触れる真珠母色の爪をした指の動きが鈍っていき、真紅の靴下の上に見える麦藁色の肌が露わになるのだった。そしてその動きは、あたかも恵みの女王の魅惑的な大きな鳥籠の中で、孔雀や雉、極楽鳥や琴鳥の戯れを、柵を通して、君のためだけに演じているようだった。君は奇妙な恐怖に襲われたが、その時、これら生き物が急に現れたのと同様、すぐに姿を消してしまったのを目撃し、冷たいタイル張りの床に撒き散らされた煙草の吸い殻やスイカの残骸に囲まれて、自分が完全に一人取り残されていることを発見すると、その恐怖が執拗に強まるのだった。さほど遠くないところで、鉄格子が他のどこよりも赤く輝いている。そこでは、音楽のノイズが一層猛々しく、女たちもまた先ほどより一層着飾っていて、より誇り高く見える。君はそこへ駆けつけた。そしてパサージュから急いで立ち去ろうと、選択の余地なく、見境もないまま、門の近くで最初に君に手を差しのべた通行人の女の腕に身を投げた。するとガーネット色の天鵞絨の幔幕が、よく数えれば三つか四つあっただろうか、君たち二人の前で持ち上げられ、濃いワインの波のように君たちの背後で再び垂れ下がったのだ。君たちは薔薇色のサテンの回転する絨毯の上に投げ出されて目を回すと、そこは地響きのする奇怪な装置が見事に仕上がっている広大な真紅のダンスホールのど真ん中だった。

どこもかしこも赤づくめだ。黄昏時に見える天使の太腿のような優雅で小ぶりの雲海の如く、換気扇の撫でるような風に揺れ動くチュールの布地に覆われた天井に至るまで、燦めくモザイク模様を施された円柱《コローニュ》の数々。向かい合った二十もの鏡が夥しく反射し合って、火と炎のように縁取られた数々の毛織物カーテン。オペラのボックス席のような開口部に奇妙に幕を下ろされた柔らかな数々の緞帳。等身大の黒人の自動人形によってシンバルとドラムでリズミカルに拍子をとるポルカが蒸気のように吐き出される巨大なエナメルの自動オルガンが、ホールの奥できらきら輝いている。この酔ったような愉快な夢の劇場全体から、その真ん中で飛び回るバレリーナの衣裳まで、あらゆる調子や色合いが、雨と降る火花のように金粉を少々散りばめながら、赤や薔薇色の色調からほとんど変わることはなかった。

舞踏場のそばで、ダンスに誘われるのを待っている何人かの若い女たちがいた。彼女らもまた、この地下の宮殿で各々が表情を押し隠そうと、ひどく凍りついた微笑を浮かべている。これら女たちの一人が、すぐそばに君がいるのを見、他の女たちも君に視線を向けると、彼女たちは、君が対象であるに違いない長い会話を一緒になって始めるのだったが、それはアルファベットを示す聾唖者のジェスチャーによって話し合っていたので、君には全く何も理解できなかった。注意深く夜歩きする人間がそれを識別すべきだとしても、誰が全部分かるというのだろう？　この非常に特殊な言語を伝授されるまでは、これ以上夜に外出しないよう忠告されたとしたら、君はおおいに笑ったことだろう。ただし、ゲルマン人のルーン文字、あるいは未知の世界の秘密を発見しようと、君の目の色が失われるほど古いエトルリア文字を深く究めるより、それがどれだけ役立つかを目撃するがいいだろう。

君がまず最初に気づいたのはこうだった。バレリーナたちが見せている顔全体に、ザクセン焼きの磁器の輝きで温かみを持たそうと、何らかの漆かニスを上塗りすることで、おそらく顔が固まっているのではないかと。彼女たちの動かない笑顔、なんとなく死人を思わせる外観は、軽率な唇の動きで、こめかみから頤《おとがい》に至る壊れやすい陶製のコーティングがひび割れる恐れがあることによって裏づけられるだろう——おぞましい大惨事、そんなことが起これば、姿を映す鏡面を、とげや真珠、ヴェネチアン・アイリスもしくはバタビアの涙（訳注：ガラス溶液を冷水に落として作る涙形のガラス片）でぎざぎざにして砕かずにはいられないだろうし、限界にまで引っ張られたこれら金襴の錦織やサテンを引きちぎらずにはいられないだろう。そして自動機械のグランド・オーケストラの精密な歯車が、最高にうるさいポロネーズの曲を加速させて無茶苦茶に粉砕されてしまうだろう。

しかしこれら女たちの動きは、なおも少々異常だった。そこに病的なものが認められるのだ。というのは、すぐに君は、踊っている女たちが、どこにいても、機械式オルガンによって遠隔操作されている四人の真っ赤な服を着た黒人、すなわち関節を連結した木製マネキンから決して目を離さないことに気づいたのだ。

それらマネキンは、ホールの四隅の大きなリボンの結び目で拍子をとっている。それゆえダンサーの女たちは、動きを合わせるはずのけたたましいこの音楽を聞けていないことが分かるのだ。君は奇怪なことが好きだから、彼女たちの誰もが聞くことも話すこともできていないという証拠を前にして喜ぶのだった。もっとも、気が狂わんばかりに始まったこの夜が、聾唖者たちの舞踏会で終わるというのは、さほど愉快なことではなかったが！

それをさらに確かめようと、君は〝裁かれる快楽《プレジール・ジュスティシエール》〟のパサージュの鉄格子から君の腕を離れなかった相方の方に振り返った。相方が美しいことに気づいた君は、そのことを最も月並みな表現で彼女に言ってやった。実を言えば、君はまだ気づいていなかったかもしれないが、彼女は限りなく美しかったのだ。君のように背が高く、海の女神のように気高く、白いエナメルの巨大な球体に非常に濃い赤茶色の瞳、黒くはないが長いブロンズ色の光沢を帯びて夜に映える豪奢な髪、花びらよりも新鮮で、寺院のアーチの周りに色づく花のように湿った淡褐色の肌の上に、瀝青《タール》と青いインクでこねられた蠟引きで成形されたような非常に重々しい殻が嵌められている。その鷹揚で官能的な顔立ちは、とびきり美しい女中たちが主人と顔を合わせた時にするような、崇高なほどの隷属的な印象によって、いささかも損なわれていなかった。こうしたすべてが、君の口が動いて何か言ったように見える時、君に従おうとするのだ。しかし返事は来ないし——伝えることもできない——ともかく君は、黙って顰め面をしたり、ほんのわずかに唇を動かして彼女に話しかけるふりをすることによって、この立派な人形を動かすことができるのだ。舞踏会に彼女を誘うのでなければ、この聾唖者と話して何になるというのか？　いずれにせよ、彼女は君の発した言葉を額面通りに受け取ったらしい、というのは、彼女は君に向き合い、その豪奢な体全体を君にそっと重ね合わせると、繋がれた石のように見える手を君の肩に置き、陽気な自動機械の一団が舞踏場の中央で旋回している、絹や羽毛やモスリンが舞い香水の匂いがぷんぷんする、この喧噪の嵐の中へ君を引きずり込んだからだ。頬を寄せ合い、君のうなじに彼女の髪が振り乱れ、頭をあお向け、そこで君たち二人は、茂みのある急な斜面を飛び越えるように、あるいはナント風にフィアンセたちが最後に飛び入りしてきたように踊り始めたのだ。皆が君たちを眺めている。バレリーナたちが皆、動かなくなったのだが、それが故障のせいでなければ、ぶつぶつと不平の声がきっと君たちカップルの後ろで続いたことだろう。なぜなら、多数の絡み合ったとびきり美しいニンフのような女たちの間で、法廷の書記官から教会の聖具室係員に至る三、四人の冴えない連中の他には、そこで踊っている者がいなかったからだ。それゆえ君はまさしく祝祭の王者だった。君の腕の中で化身した女の何らかの呪力によって、君は王にふさわしい自らの幻影と取っ組み合っているように思えたし、君は相方の女を地面から引き離し、炎のように輝く回転花火の一団の前で、彼女を胴上げしたように思えたからだ。それは長い取っ組み合いだった。君が分別を取り戻したのはずっと後になってからだった——というのは、ホールの脇に並んで見えたボックス席の緞帳に君たちが接触した時、君の相方の踊り手が君に対する力を弱め、驚くほど締まりがなくなってきたことによって、君はこの世に呼び戻されたからだ。そしてボックス席の上に、盲人の頭のレリーフを彫り込んだメダイヨンがあり、その上に正義を象徴する剣が突き刺さって、次の言葉が斑岩に深く刻まれているのを見つけたのだ。《親裁座》（訳注：王が自ら裁決を下すベッドの席）。非常に柔らかな屈伸運動、巧みな圧迫、甘い愛撫が何度も繰り返され、それは聾唖者が自分の欲望をすっかり君にゆだねているように思えた。そして彼女は懇願するように、自分たちを閉じ込めた幔幕にまっすぐ導くよう君の瞳をじっと見つめるのだった。

君は彼女に抵抗する力や欲求を長く持続できなかった。不具者は時には良い導き手になるだろうと君は思った。彼らは宝くじで最高の券を引き、宝は彼らから消え去ることはなく、猛った犬はめったに彼らを噛むことはないだろうと。さらに君は次の言葉を聞いたことがあったのを思い出した。《ベッドは愛を裁く法廷だ》。その言葉は、彼女に何をしようが、聾唖者は悲鳴を上げないという事実に加え、ボックス席に掲げられた不気味なタイトルがあからさまに卑猥な光景のように思えるのだった。そしてついに君は、この女の意向に屈従するのだった。

またしても重たい幔幕の布地が君たちの足元に落ち、君たちが舞踏場から分離されると、騒音が弱まって消えていった。今やすべてが変わったのだ。さっきの場所で満ちあふれていた赤や薔薇色の温かな色彩はすっかり消え失せている。君はとても広々としたベッドに、相方のそばで横たわっているのだ。非常に高い空と樹々、幔幕やシーツはうす汚れた灰色だ。鉛色の壁に囲まれた法廷の上、君たちと向き合った巨大なガラス屋根から陽光が射し込んでいる。このぎらついた日射しのもとで、美しい聾唖者は濡れたぼろ切れのような顔色をしている。彼女の髪はふけが散らばり、むかつくようなポマードで塗りたくられ、彼女の瞳は光を映さないようになり、その視線は、ガラス屋根のそばの揚げ戸から降りる螺旋階段に向かって、ベッドの外へ君を追い出そうとするかのように君を圧迫してくる。

階下には、窓を塞がれた数台の長い車があり、ゆるやかに震えている。飾り紐のついた帽子の下で毛を風になびかせた番犬のような顔をした男たちが、君に似た他の人々をこれらの車の方に連れて行く。君はこのすべてがどうなるのか自問する。おそらくこの壊れた女の視線が君を追い立てる法廷で、君が連中と合流すればすぐに君も裁かれるだろう——古書典籍を読んできた君は、裁きというものがかの時代からさほど変わっていないことを知っている。すなわち《子どもの顔を食べた雌豚は、鼻面を先に切断され、人面のマスクをかぶせられたあと、後ろ脚で吊されるという刑を宣告された――その雌豚はおまけに女の衣裳を着せられ、後ろ脚に半ズボンをはかされ、前脚に白い手袋をはめていた……》。

そういうわけで、いつもながらこの世はそうなのだが、誰も入れないよう鍵をかけられた部屋の中、暖炉のそばで君を待ちながら、そっと唸っているこのかわいそうな猫のことをあまり考えてやらなかったら、君はすぐにでも為されるがまま、自らの運命をいさぎよく甘受するしかないだろう。

＊　表題の原語は Le Passage des Plaisirs Justiciers（パサージュ・デ・プレジール・ジュスティシエール）。パサージュの固有名称として記されているが、「正義の名のもとに裁かれる快楽」という意味合いもあるため、表題を「裁かれる快楽のパサージュ」とした。

＊＊　レオノール・フィニ｜Leonor Fini（一九〇七〜九六）　イタリア系アルゼンチンの画家。一九三一年パリに移住し、数々のシュルレアリストと知り合い、なかでもマンディアルグとA・カルチェ＝ブレッソンとヨーロッパ中を自動車旅行する仲となる。三九年、南仏アルカションでダリ・ガラ夫妻の近所でマンディアルグと同棲、翌年にはモナコに居を定める。一対一の愛の形を嫌い自由な共同生活を欲する彼女は（一九四一年、一度だけフェデリコ・ヴェネツィアーニと結婚するがすぐに破綻）、マンディアルグとも不思議な恋愛関係にあったが（一九五〇年にマンディアルグがボナと結婚して終焉）、スタニズラオ・レプリとも同様に恋愛関係を続け、一九五二年からは、パリでレプリとコンスタンティ・ジエレンスキーの三人での同棲生活を開始、八〇年のレプリの死と八七年のジェレンスキーの死まで共に暮らした。ロワール河畔の墓地には彼女の望み通り、三人が一緒に埋葬されている。また彼女は大変な愛猫家としても知られ、本作のラストもそれを皮肉っている。

*

澄んだ空に降る流星群

私のすぐそばで、屠殺された獣の体毛のように、霜で凍えて割れそうな草が生い茂っている。私の瞳孔の内側で、かなり長い間走っていた節くれた小さな虫けらどもが、太陽や強烈な光を見つめた時に醜い影像を見せつけて、突如私の瞳孔から外へ飛び出し、私の体を麻痺させたまま、部屋の壁を這い回り、天鵞絨のカーテンに飛び移って、そこで完璧な昆虫に変身しようと固着している。ほんのわずかな間、私の目が霞んだ。続いてこの眩暈が過ぎ去ると、さっきまで白く霞んでいた天井が、水色や紺色の大きな蛾どもにほぼ完全に覆われていることが分かった。色の薄い蛾どもが他の蛾の上に乗ってまたがろうとしているが、その数があまりにも多いので、蛾どもは翼や膨らんだ触角や脆弱な肢を不器用に使いながら、暗い色の同類の仲間を凌駕しようと争っている。下側にいる蛾は、太った胴体や、身を覆う紫がかった重たい毛皮を絶えず震わせている他は、ほとんど動かないままでいるが、美しく紺碧に透けて見えるねばねばした卵を産み続けていて、それらが数珠つなぎになって、ゆっくりと私が横たわっている床に向かって垂れ下がってきている。どの卵もその数珠つなぎから離れない。下の方の卵は空気中で縮小していき、下へ降りていくにつれ蒸発してしまうので、私の顔までぎりぎりに接近することはない。しかし、それらが私の上で、このように溶けてなくなっていくのを見ると、私は常に思い出すのだが、このような状況下に直面した小さな男の恐怖が理解できるのである。

南部地方にある旧市街の階段状の街路に、見事なまでにつるつるした鉄製の手すりが据えられているのはよく知られているが、それは決して磨かれることはないのに、錆びることなく太陽の下で輝いている。なぜなら、手すりの端から端まで、茶褐色のナメクジの群れのように、大きな血痰がこびりついていると思われているので、この世で誰一人、あえてそれに触ろうとする者はいないからだ。そんな汚らしい陳腐な場所で、私が正午に出くわしたのは、あらゆる点で小さく造形された裸の微小な男だった。彼はその時、こっぴどく追いかけてくる飢えたような鼻汁の滴りから逃れようと、その手すりの上を途方もないスピードで走っていたものだから、その白く透き通った肌の下で薄紫色の静脈が激しく脈打っていた。私は彼を助けたかったのだが、自分の非力を承知していたので、どうしたら良いのか分からない。雌犬どもは、彼が私の指の間に入り込むまでに、涎を垂らして彼を溺死させるだろう！　私は臆病にも、彼が絡め取られる瞬間を目にしないよう、しばらく両眼を閉じたままでいたように思う。

それから視線を落とすと、満月の光で金色に輝く真珠母色の網に絡め取られるように、彼は箔押しされた厚紙の美しい装丁本の中へ、実は危険な糸綴じの隙間に巻き込まれていたのだ。それは周りの中で私が心配していた物体だった。というのは、それは子ども向けの私の絵本なのだが、汗ばんだ手で触っていたせいでぼろぼろになって、常に同じページが開かれていたことを覚えていたからだ。さらに私はすでに、恐怖に穿たれたこの小さな男、つまり蒼白い小学生なのだが、自分が彼と同類以外の何者でもない存在であることを悟ったのだ。彼は数々の打擲ですっかりちぎれたみすぼらしいセーラー服の上からきつく縛られ、底なしの深淵の中で頭を逆さに垂らしている。奈落の底の彼にまとわりつくのは、一種のキマイラか、あるいは翼のある雌犬のようなものなのか、おそらくそれは、ぞっとするような黒と赤の斑点の皮をまとった豹の雑種であり、その少し開いた口には、馬鍬の刃先より夥しく分岐した牙が輝いている。怪物は、水族館の優雅なナマズのようにせせら笑いながら、その小さな犠牲者の周りをぐるぐる回っている。私の耳は瀑布の轟音でいっぱいになっていて、その間、私の歯は苦しそうに上下を互いに噛み砕かんばかりに金切り音を上げ、原石の核にある硫黄によって密封された金属みたいに動こうとしない。夜を徹して眠らずに過ごし、人類のどんな時代よりもさらに古くからある万物の無秩序な世界が、いつの日か修復される希望がすべて失われたように思える時、あらゆる存在は、私のシーツがぐちゃぐちゃになった皺の山とほとんど変わるところがないのではないか——あるいは芝居がかった司祭の、化粧を施した死ぬほどひどい顔にさえ似ているのではないか。

その顔は鏡に映った自分の姿と同じ《私自身》なのであり、私は白くて長い台座へ、死んだように運ばれていくのだ。その間、看護婦たちは、部屋に入り込んだ無数の黄金虫《コガネムシ》を至るところで押しつぶし、恐ろしいほど緑っぽくぐちゃぐちゃにしてしまう。そこでは、クルミ割り鋏の刃の間で、熟れすぎた西洋花梨《かりん》がぺしゃんこになる音にたとえるしかないほど柔らかな音がしているのだった。

*

極地の火山

　愚かしい空虚な一日がまた宵闇に近づこうとしている。一週間もの間、あらゆる食物を拒否していた我々のお気に入りの禽獣は、薄暗くて角張った大きな衣装箪笥の上から悲しげに我々を見つめている。そこは彼が最後の力を振り絞ってたどり着いた場所だった。信頼と悲しみに沈んだ悟りの表情を同時に湛えた、彼の柔らかな黄色い瞳が、我々をこのテーブルから引き離してしまうかもしれない。そこで我々は物憂げに、犀甲虫《サイカブトムシ》——オリクテス・ナシコルニス——の死骸を前にし、我々の指が、昆虫の横たわる大理石に長く触れていたせいで、血の気が引き、もはや昆虫を解剖することすら覚束ない。そして我々が頭を上げて、悪臭を放つ部屋を浄化しようと湾を見下ろす窓を猛烈な勢いで開け放つと、しばらくしてから、巨大な氷山が、港の穏やかな海にゆっくり転覆していくのを目にするのだ。さっきから海中の暖かい流れで浸食されていた水面下の部分が、涎を垂らした汚らしい表面を露わにし、それが火照るような乳房の上で燦めいているようで、恥ずかしい思いに捕らわれるのだった。近郊で破損したガスタンクが次々に爆発を起こし、最も遠い郊外では、めったに見られない奇跡的な数々の赤い花びらが開花して広がっているが、都市の中心部の薄暗い街路では、蒼白いサソリたちがほとばしるように流れ、怯えた商店主らが大音響を立てて鉄製のシャッターを降ろしている。窓がかろうじて開いているが、我々を窮地に追いやるこれら害虫の激しい奔流の下で再び窓を閉めようとしなければならないだろう。そしてまた、我々は螺鈿《らでん》を嵌め込んだ黒檀の背の高い衣装箪笥の屋根を、不吉な形状で飾る三日月の両端の間を見つめるのを怖れている。そこでは、非常に長い間、たっぷりの愛情をもって我々を見つめていた慣れ親しんだ両の瞳が、すでに恐ろしい灰色の埃に覆われていたのだ。

港には緑の草木に覆われた船がある。その船は美しい女性漕手たちの裸の両肩を鞭で打ち鳴らす鈍くて単調な音の合図で、我々が錨を上げるのをずっと待ち続けている。ところが、その間に季節は、酔っ払いが歌うように、髪の毛が新たに生え代わるように、季節のうつろいを喜ぶようにすぐに過ぎ去っていく。ここには、かつて着飾ってはしゃぐ娘たちがいて、郷土の誇りで飾られた五月の記念樹の並木があったが、それが名も知れぬ磔柱の連なりになり果て、冬に戻ってくる鴉の大群の下でたわんでいる。そして、外国の船乗りを港から遠ざけるために、悪党どもが防波堤の灯台の上に積み重ねた、黴の生えた頭蓋骨のピラミッドがまだ残っている。さらにこの辺では、沿岸信号所に掲げられた血まみれのシーツ、日没を嘲弄する夜の装身具、汚れたパン、鉄、灰がある。

　こうして、我々の最も貴重な歳月は破滅への道をたどるのだ――そしてすでに我々の艦船の数々のマストがまっすぐに立ち上げられていたのだった。それらマストは、あたかも我々を締めつける蔓植物や青いクレマチスのような萎れた蛇どもが、すべて雲にまで投げ上げられ、野生の香りがする巨大なスカーフの中心で、皮を突き破って背骨を現したかのようだった。甲板には、括りつけられた救命艇の下で、ベンチに眠っているヴェールで覆われた豹たちや黒いドラム缶が散らばり、数々の塩漬けの水たまりやタールの間で、東洋風のバザールや死体置場が雑然と散在している。たとえ我々がエルフ（訳注：北欧神話の小妖精）の指で優しく愛撫されるハープの弦を夢見ることはないにせよ、数々の索綱《ロープ》は風に揺られて、我々を終夜魅惑せずにはおかないほどのハーモニーで鳴り響くだろう。しかし、実際のところ、この甲板の端を見張っているのは我々だけではなかったのか？透明な剣のような夜の重苦しい外気が、艦船のすべての麻綱をすっぱり切断し、誰か他の人間、他の生き物が、数々の残酷な棘や矢、ぶら下がった氷柱を霧の中から突き出し、膨らんだ数々の帆に深い傷をつけて、甲板の上に乳白色の雪崩を撒き散らすのを見たとでもいうのか？　このように我々が舳先に釘づけにされ、逃げることも警報を発することもできなかったのは、どうしてなのだろう？　なぜ凍結した海の薄片が我々を避けたのか？　数々の薄片は眠っている我々の仲間の周りに吹き込んで、その心臓を貫く前に彼らの顔をひどく引き裂こうとしているのに、なぜそれら薄片は、非常に純粋でメロディアスな長いうめき声を上げながら、我々の顔をすれすれに掠めてコースから逸れていくのか？

我々の船縁《ふなべり》の近くで、完全に空っぽの白い小舟の群れが音も立てずに列を組んで横切り、我々と同じ方向に進んでいる。断ち切られた索綱《ロープ》と空中の氷片の歌うような音が、刻一刻と増大し、我々が転がることもなく、縦揺れもないまま、ますます早く滑走する艦船は、まるで力強い手で押されるように、海面下へ押し込まれていく。この時に思い出すのだ。我々の周りを飛び回り、耳元で叫び、ほんの少しでも気を引くことを乞いねだるあらゆるものの中で、我々の冷淡さよりもはるかに強靱なものがあることを。それは我々のお気に入りの禽獣の美しくも尖った耳に似たイメージだ。なぜなら、人間は絶対的に無情にはなれないし、その冷たさは、そこにほんのわずかに優しさが混ざれば、常に不完全なままだからだ。

しかし、いささか残忍な衝撃は、記憶を恐ろしげに飛ばして、遠くまでばらまくのに十分だった。我々の三本のマストの船は凍りつき、流氷がすぐに船の脇腹を押しつぶして再び閉じられたのだ。すると、至るところで我々の視界を制限していた灰色の真綿のカーテンが一気に開いた——この時、我々にとって一種の静寂に過ぎなかった心地よい船のリズミカルな音が止まった——同時にその時、海上の途方もない高さに向かって、黒い海底から火のついた無数の長い毛髪が噴き出すかのように爆発が起こり、あたかもウェールズの国々の最高に豪華な無煙炭のように輝きわたった。歓喜と壊滅の饗宴さながらに、火、血、硫黄、紅玉を噴き出し、プルトンの艦隊（訳注：古代兵器プルトンの戦艦で、一発撃てば島一つを吹き飛ばす世界最悪の戦艦と伝えられる）や地獄の要塞から荒れ狂って暴発する大砲さながらに、パチパチと轟音を発するのだった。それこそは極地のおぞましい二つの火山だった。すなわちエレボス（訳注：ギリシャ神話の暗黒の神、冥府の神）と、テロール（訳注：ヨブ記の恐怖の王）であった。

絹と石炭

SOIE ET CHARBON

風景の中の卵

サルバドール・ダリに*

ある日——素晴らしいことに、その日、一日じゅう、風が、あたかも先史時代の獣たちの足跡のような、白い雑魚の群れよりさらに輝く清新な白詰め草のような、乱れた斑模様を描く雲々を、空から追い払っていた——あまり外を気にしないよう、窓に近づいてみたまえ。時には透明だが、たいていは靄がかかってぼんやりと半透明な、ちっぽけな耳小骨みたいにガラスの嚢胞めいた紡錘状の果核の一つが目の前に現れるまで、窓に近づいてみたらいいだろう。それは猫の瞳を連想させる切れ長の形をしている。あたかも、オランダの女中を時々狼狽させ、潔癖症的な連中が嫌悪をもって窓ガラスを砕き割るまで追い立てようとする蜘蛛とまったく同じように、窓ガラスの下部、むしろその隅に向かって見出される。

それゆえ窓に近づいて、もっぱら平面的に注視するために片目を閉じ、次に窓の前で顔を水平に移動させ、小さなガラス状の紡錘体をゆっくりと外界へ滑らせていく。世界の本質が変化するのか、あるいはこれが外観を打ち破る真の性質なのか？　いずれにせよ、風景の中へ紡錘状の果核を導入すると、風景に柔らかな性質が充分に付与されるというのが、実験に基づく事実なのだ。

より正確に言えば、我々がいつも固体と見なしている物体、つまり壁や岩、樹々の幹、金属製構造物は、動いている果核の近辺ではまったく固さを失うのだ。わずかな距離で、それら固形物は、弾力性のある瀝青《タール》状の物質の噴流のように、その先端で果核を捕らえようと果核に向かって放射される。そいつは吸盤、いわゆる誘惑の唇のようだ。先端の動きで引力の現象が発生する領域の輪郭を非常に正確に確定することができる。まるで小さな果核を飲み込みたくなるような食いしん坊の貪欲な力が風景の中に存在するかのように、あらゆる現象が発生するのだ。木片や石の塊、鋤などが、異物を完全に飲み込もうとして膨らみ、そのあと異物が固形物を突き抜けると、飲み込み逃がしたことを即座に後悔するかのように、固形物がもう一度変形し、再び先端を垂れて、締まりのない口づけを、移り気な異物に添えようとするのを目にするのだが、悲しいことに、その時、すでに先端は、引力が及ばないほどはるかに遠ざかっている。支柱や電柱のような、横幅が細く、垂直に美しく伸び上がった物体は、鉄製のフックの下でゴムの茎のように、完全に折り曲がっている。納屋の太い支柱は、欲望に歓んで身を任せるかのように、しなやかな腰つきで曲がりくねった優雅さを誇示している。それはファンタスティックな光景だ。外界は、すべてが一様に、この鋭く硬い特異なオブジェを前にして、完全に柔軟な世界に変化したのだ。すなわちそのオブジェとは、君のちょっとした顔の動きで、空間を横切って導かれる賢者の石の真正なる卵なのだ。

それゆえ、自然界の油性の運動を凝っと見つめてみたまえ。すると君は、極めて異様な這う動き、極度に突飛なよじれ、本物じみた虚妄の形状をその運動に強制させようとするわけだが――これはかの有名な《大いなる無感覚》を得ようとする快い代償行為なのだが――紡錘状の果核が欠如しているからといって、窓ガラスに塗られた何らかの汚れを代用して見つめようとしてはいけない。どんなに完璧だったとしても、代用物からは何も得られない。風景をこのようにひっくり返すことのできる唯一の原動力は、おそらく皮肉なことに、人間どもがガラスのきずと呼んでいる、常にガラスにとどまった、このかぼそい水晶の魚にあるからだ。

この方法で農村の世界を眺め回すのは健康的だ。時間と空間の持続性から逃れるあらゆる特徴に、精神薄弱者はいとも簡単に同調してしまうわけだが、農民たちの褐色のぼろ服は、持続性から逃れるすべての特徴を失っている。しかし都市の大通りはこれとはまったく別の観点で眺めることができる。体験してからでないと想像すらできないだろうが、都会の華やかさ、勝利の凱旋パレード、国葬、提灯行列、スクリーン上の名士や空の英雄の凱旋レセプション、肉厚の牛肉、共和国大統領と世界チャンピオン、こういったものの行列に、君が知っている嘲るように飛び跳ねる小さな卵が差し入れられれば、すぐにでも時間と空間の持続性が失われるだろう。

＊

サルバドール・ダリ―Salvador Dali（一九〇四～八九）　スペイン出身の代表的なシュルレアリスム画家として著名。エリュアールの元妻、ガラと一九三四年に結婚、三九年、第二次大戦が勃発、ドイツ侵攻から避難し、南仏のアルカションでガラと暮らした際、近所に住むマンディアルグやレオノール・フィニと親交を深めた。

*

緑の光線*

ユベール・ジュアンに**

ヴォルフガング・アマデウスの所領は、重なり合った岩石が雷雨で軟化するほど鬱陶しい山々で境界を引かれた、大きな凍てついた湖だ。

等間隔だが、計測可能な寸法にまったく対応できない並外れて巨大な彫像群が、白い氷の上に垂直に屹立している。それは氷に刻まれた女性の巨像群で、いずれも中心軸に取り付けられ、日の出から日没まで太陽の光を正面から浴びるよう水中の装置によってゆっくりと回転している。薔薇色に染まる青いパビリオン、虹色に輝く肌、火と燃え上がる乳房。そこで聞こえるのは、人間の目には知覚できない向日葵《ひまわり》の動きに付随して生じるハツカネズミの物音だ。それは雪が押しつぶされている音であり、壮大なパンプスの踵と台座の間で砕かれた霜が軋んでいる音だ。

頭から爪先までびっしょり汗を流している巨女の光に勇敢に立ち向かうかのように、白い絹製の銀色の服を着たスケーターたちが氷上でかぼそい線を描いている。そのさまは軽薄なふりを装う時代の、あらゆるダンス、あらゆる決闘、あらゆる結び目、あらゆる書体、あらゆる螺旋形、あらゆる宝石類を描いている。正午になると脅威の度合いが極点に達する。鈍い亀裂音とともに、組み合わされた鋼鉄の踏み板の上で、巨女たちがよろめくのだ。

日が暮れるにつれ、母なる冷気が透き通るような巨大な存在を強固にしていく。しかしながら、もしそれらの一体が緑の光線を浴びてゆるんでいき、とんでもない高さから視界の届かぬ岸辺にまで、破片を撒き散らしながら崩壊するとしたら、その時こそ、逃げまどうスケーターたちの間で、虎とバッカスの謝肉祭《カルナヴァル》が繰り広げられるだろう。そして打ち砕かれた氷盤の上に、深みに眠る巨大な花が、混沌状態《カオス》を貫き通して、肉感的な真珠層の花びらを開かせるだろう。

* 原題は「ヴォルフガング・アマデウスの所領」La terre de Wolfgang Amadeus。本書では、文中に登場する「緑の光線」Le rayon vert をあえて表題とした。水平線に太陽が沈む一瞬にグリーンフラッシュが発生するという稀有な事象について、ジュール・ヴェルヌが同題で一八八二年に小説を発表しており（後年の一九八六年、同題でエリック・ロメールが映画化）、これが本作のキーワードになっていると推測される。

** ユベール・ジュアン｜Hubert Juin（一九二六〜八七） フランスの詩人、作家、文芸評論家。サド論やヴィクトル・ユゴーの伝記など多数の評論やエッセイで著名。文壇にデビューする前のごく若い時期からマンディアルグと親交があったと推察される。

*

炭鉱の中の楽園

アルベール・パラッツ*に

ポーランドのシレジア地方で、採掘坑の入口にある楽園のことを思い浮かべる。それは地下数メートルのところ、炭鉱夫が地底でぼろぼろになった服を着替える部屋の背後、中央の立坑の前にあり、多面的にカットされた、見たこともない最高に美しい無煙炭からなる人工の洞窟だ。その無煙炭の輝きは、《Speculum Vitae Æternae》すなわち「永遠《とわ》なる生命の鏡」と刻まれた純金の碑銘版の輝きで青白く見えるのだが、洞窟の壁際、人の背の高さに埋め込まれた三つの望遠鏡が冠をかぶせて仕上げられている。

その望遠鏡を覗くと、岩盤を覆い尽くす無煙炭に加えて、少量の紅珊瑚《べにさんご》と真珠層を独自の手法で構築した反宗教改革様式による夥しい内部装飾の多様な光景を見ることができる。数々の珊瑚の柱頭に飾られ螺旋状にねじれた無煙炭の円柱があり、無煙炭の塊を天井まで持ち上げる珊瑚のネレイス（訳注：ギリシャ神話の海の精ネレウスとドリスの娘）が、三つの二重列に交互に配置され、ビッビエーナ（訳注：イタリア、トスカーナ州の町）から取り入れた視覚装置によって拡張された視界が三つの情景を作り出している。そこでは、数々の小さな自動装置、時にはリボンで着飾ったメタリックな甲虫類が至るところで素早く移動してパチパチという音を立てている。昆虫の成熟した期間がすこぶる短いことは周知のとおりだが、人々はそれを惜しむかのように、きらびやかに身を起こす昆虫たちに思いを巡らすのだ。右側で、最初に展開しているのは、コミカルなゾウムシやスカラベ（訳注：別名フンコロガシ。甲虫の一種）たちが饗宴を催している光景だ。次に、より広い中央のフロアは、ごてごてと飾られた舞台となっている。そこでジョウカイボン（訳注：細長く柔らかな甲虫の一種）のオーケストラが、麝香の匂いがする若いポプラケブカカミキリ（訳注：カミキリムシの一種）たちの踊るバレエの間で、無数の昆虫たちが爪先旋回する拍子に合わせて演奏しているように見える。左側、最後の場面は、若返りの源泉を思わせる泉水が染み出す貝の器だ。そこを昆虫が二匹ずつ互いに腕を組んで身を任せ、濡れながら通り過ぎていく。

シレジア地方の石炭産業地区には、甲虫類はほとんどいない。ハナムグリ（訳注：コガネムシの一種）やホソクビゴミムシ、フンコロガシを一度も見たことがない炭鉱夫たちは、自らの埃まみれの貧しい人生の最後に生まれ変われるような気持で、その優雅な姿態や輝くばかりの鮮やかな色彩に真剣に見とれて感嘆する。次々に、毎日、彼らは楽園の望遠鏡の前を通りがかり、できる限り長くそこに立ち止まり、去り際にため息をつき、十字を切って、採掘場の坑道へ彼らを運ぶトロッコに身を置いて去っていくのだ。おめでたいことに、あらゆる昆虫を動かしている角のような触角を、純朴な目で眺めているうちに、彼らの間で、ほとんど正統とは言えない考えが生み出されていた。すなわち、このような至福の数々を目にしたら、もう死んでもいいと。

この楽園は、身体力学と昆虫学の双方を修めた、浮浪者風のイエズス会士の作になるものだ。ワルシャワ貴族の幾人もの貴婦人が、親切にも自らの肢体を差し出して演じていたわけだが、そのことが、お金のない不幸な者たちに、少しだけでも希望を与えることができたわけだ。

* アルベール・パラッツ― Albert Paraz（一八九九〜一九五七） フランスの作家、ジャーナリスト。もともと化学技術者であった彼は、若年時からルイ＝フェルディナン・セリーヌと友人関係にあり、一九三六年刊の処女小説は、セリーヌの推薦でパリのドノエル社から出版された。戦後もセリーヌを支援し続けたことで知られる。

黒と白

ルネ・ド・ソリエ*に

ロッキー山脈の高地一帯に普及しているバプテスト派の生活慣習はよく知られている。それは慎み深さとか、土着の善良な人々を怒らせることへの根拠のない畏れとかいった風紀良俗を指すのだろう。にもかかわらず、好事家たち、骨董商たち、熊の狩猟家たち、現代的生活の設備向上を提示しにその高地までやって来るセールスマンたちに言わせれば、そんな姿勢を持った人物など見かけたことがないらしい。バプテスト派の連中のお気に入りの気晴らしはよく語られるが、私に言わせれば、それは同時に、国民の風習の中で最も奇怪なものである。我々はそれがどんなものか見抜けるだろうか？　それは《黒と白》に関わることなのだ。

六月の最後の十日間に、年に一回行われる賭け事がある——至るところ、まっすぐに飛ぶ猛り立った昆虫どもで空気が震える暑いさなか——その賭け事に不可欠なのは、液状の石膏で満たされた大きなタンクの中で、二人の全裸の黒人娘が体と体をぶつけ合って格闘することだ。

その三日前、山の連中は暑さにまいらないよう夜中に歩いて出発し、夜明けまで松明を消さずに唄を歌い続ける。祝祭が行われる村々での準備もまた見ものだ。あちこちの辻に埃っぽい布を最大限に広げて、その真ん中に杭や板でお粗末なサーカス小屋を築き上げ、ハンマーが電線の上で埃まみれの旋風を巻き起こす。作業の重要ポイントである中央のタンクは、極めて念入りに縫い合わされたいくつもの牛革でできている。どうにか剥がされた別種の皮は、観客席を覆うか、あるいは血まみれの刺繍のようにいくつもの竿から垂れ下げたりして、最も高価な座席に少し日陰を設ける。そして緑の若葉や白い花をかぶせた小枝がそこらじゅうに飾られる。

いよいよ輝かしい日がやってきた——雨が降る恐れがあるなら祝祭は翌日に延

期されるが――入場券売場が開くとすぐに群衆が劇場に殺到し、トランペットとカービン銃しか知らない荒っぽい楽団員たちが、空中に向けて一斉に最初の祝砲をぶっ放す。つばの広い帽子をかぶって陽気に騒ぐ野蛮な群衆。女たちがいないので、言葉づかいが軍隊調になっていく。《黒と白》という賭け事は女たちの観戦を禁じているのだが、もし女の誰かがそこで危険を冒して観戦することがあるなら、彼女の責任において男の格好をするしかないのだ。そうするうちに、オーケストラがジグ（訳注：急速で活発な拍子の舞曲）の曲を打ち鳴らし、満場の連中が声を合わせて繰り返す。石膏が大きなバケツでタンクに注がれる。するとおどけた大げさな身振りで、二人の女闘士が入場し、満場の観衆が喜びを爆発させるのだ。

女闘士たちについて言えば、彼女たちは黒人で裸であること、十六歳に満たぬ者はほとんどおらず、十九歳を超えることは絶対にない、そして村の長老委員会で選ばれた者であること、以上で言足りるだろう。いや、それだけではなく、この格闘は、大理石と煤、インクと紙、雪と石炭、蝿と乳脂といった永遠の対立関係から常に生じる最高に素晴らしい傑作なのだ。壊れやすい織物のように、肌の上で乾いた石膏の飛沫が力で絶えず引き裂かれて、分刻みに一新され、浴槽がどろどろになり、暗がりに光が照らされて勝利が確定するまで、それは闇と光の目もくらむ網状模様を展開する。その時の様子こそは、群衆の叫喚と賭け手の挑発を受け、タンクの最前列に陣取るいかれた連中の吐く唾を浴びながら、絡み合っている二体の異形の姿だった。その間、楽団員たちは最も有名な《ブルース》の際限のないリズムで腹話術的なノイズに体を揺らしている。真っ白になった女闘士の脇腹に、緩慢な細長い滴りが凝固しているのが見える。その奇怪な鍾乳石の数々が、彼女たちを、セメントの洞窟の岩壁に描かれた妖精たちのように見せている。その体は、角や銛、鶏冠や尾のように固着した噴出口を付けて、あたかも王子の憂鬱を慰めるために時々天才が発明した変装よりも、はるかに奇抜で倒錯した仮装に覆われている。

二人のうち一方がもうこれ以上動けなくなったまさにその時、もう一方が相手をつかんで、柔らかな石膏の下へ数秒間抑え込んだ。劇場の使用人が前者の女を捕まえに来て、その両手を縛り上げ、剥き出しの太陽のもと、太い梁に両腕を吊し上げ、足が地上十センチに来るようぶら下げた。その間、勝者はタンクの中央で動けないまま取り残されており、急いで拿捕しようと彼女の周りに粉状の石膏が投げ入れられる。そして石膏の塊から彼女を取り外す。四人の屈強な男が勝者の台座を掴んで樫の板の上に置き、釣り合いが取れるよう彼女をゆっくりと敗者に向かい合わせる。双方とも密封された口に、哀れにも藁のストローを差し込まれて呼吸している。それから、次の格闘のためにタンクが石膏で満たされ、このしきたりが引き続き細部にわたって再現されていくのだ。

それゆえ、賭け事が終わると、一種類の並列を目にすることになる。一列目は、八体から十体まで台座に配置された勝者の全身像、次に二列目は、焼き串のカエルさながら、一種の磔台に吊るされた、石灰化した同数の肉体だ。マスケット銃の一斉射撃が三度ぶっ放されると、それは石膏に覆われた女闘士たちを片付ける合図となる。次々と、勝者から始められ、彼女たちは受けなければならない最後の試験のために競売にかけられるのだ。より大きな賞金を得ようと、勝者たちは、自分たちに提供された新たな役割に自らを誇示しようと一生懸命だ。入札額が聞くだに信じられないほど高騰し、最後の落札を巡って口論が最高潮に達する。その時、買い手の手の届くところに、彼らが買おうとする女を座らせるスツールが置かれる。少し震える大きな指という指が、意図的にゆっくりとやって来て、白い被膜物の殻を剥がしていき、その下から、たちまち皮脂の反射を伴って、黒い肌の豪奢な輝きが再び現れるのだ。これこそは《うなぎの皮剥ぎ》と呼ばれるもので——魚の場合は《スキニング》と言われるが——この最後の光景は少なくとも値踏みの鑑定にそぐうものではない。

この《黒と白》といわれる嗜好は、バプテスト派の連中のあらゆる階層に広がっているが、その名称がデリケートな耳には聞こえの悪い響きがある。大学出の牧師のなかには、そのことを《ガラテア（訳注：ギリシャ神話に登場する彫像から人間になった女性）のレスリング》という名称で、ガラテア女どもの格闘競技だと、たいそう自慢げに話す者もいる。

この古い慣習が、石油と摩天楼の国々で続けられ、さらに他の奇抜な風習を持つこの人里離れた地方で温存されているのを人々は喜んでいる。それなら、ウィスコンシン州の《帽子をかぶった未婚の老嬢》のことや、ユタ州の《鞭に打たれる未熟《うぶ》な女たち》のことも語ってみるべきだろう。

＊ ルネ・ド・ソリエ――René de Solier（一九一四〜七四） フランスの作家、歴史家、美術評論家。数々の美術評論を手がけ、その主要作『幻想芸術』（一九六一）で著名。マンディアルグとは終生の友人であった。

*

コインの裏側

アラン・ゲールブラン*に

好奇心旺盛な子どもたちにとって「鹿の園」（訳注：ルイ十五世のために、その公妾ポンパドゥール夫人がヴェルサイユの森に開設したとされる娼館）は、辞書を開けると、灰色のカーテンの背後にその深紅の翼を広げる。近親者や道楽者たちが、両親が何も知らないままに可愛い子をそこへ導いていく。君が大人になっても、赤いクロス装、インディアペーパー（訳注：辞書などに用いられる薄い紙）、美しい活字、印刷されたインクの効力をなおも信じるだろう。そして、あたかもハイエナたちが初めての聖体拝領の法衣をまとって群がるかのように、君の頭の中へ、既存のあらゆるイメージが無意識に滑り込んでくるだろう。君が踊る足取り、君の蝿の肢、君が横たわる粗悪なシーツ、君が書き留めたもの、爪のルビー、豚の真珠、ちぎれた犬ども、尾で繋がれた馬ども、自分自身が目にする耳の先、君の足元に見える靴、瓜二つに見えるもの、君が手に入れそこに住む広い部屋、君に渡される武器。いつの日か君は、こうしたあらゆるでっち上げが、物事の必然性と予想外のものとの対になった符牒のもとで形作られていることに気づくだろう。現実が間違ってやってくる、そう確信するがいい。君が最初に考えていたものとは常に違っていて、常に簡単ではなく、常にめっぽう恐ろしい。

そういうわけで、私はぼろぼろに崩れていく男を知っている。彼はコインの裏側を目にしてからというもの、ハツカネズミの死骸さながら、石膏のように真っ白になったのだ。それは国民の祝祭から彼が帰ってきた時のことだった。彼が言うには、暮れかかる頃に、天候が崩れるやいなや、祝賀行事が台なしになったらしい。彼は惰弱な遊び人だが愛国者だった。ガリアの古曲、ローマ花火、軍隊の楽曲、曲芸の催しに夢中になっていたものだから、騎馬パレードの支柱の間に光った稲妻にもかかわらず、その快い気分を失うことはなかった。そうするうちに、雷雨が電気を誘導する巨大な水滴のようにあたりを水浸しにし、あらゆる光を消し、花輪を全部蹴散らしていく。連隊のハンサムな楽団員たちにつきまといながら、大勢のびしょ濡れの間抜けどもや、雨水を滴らせた娘たち、泥だらけの曲芸師、半ば興奮する芸を仕込まれた獣ども、自制の効かない酔っ払いどもなど、皆がいくつかの防水されたテント下のみすぼらしい避難所へ一緒くたにほうり込まれると、雷鳴の轟音が徐々にドラム音やファイフ音で満ち満ちていくのだった。

最初に雲の切れ間がのぞくと、我が英雄は烏合の衆から抜け出し、画一的でありきたりな大きな砕石で区切られた自分の住まいに帰ろうと、夜中に歩くのだった。たちまち知らぬ間に道を見失い、曙光が雨滴を突き抜け始めた頃、彼は海辺に一人でいることに気づいた。雨中の長歩きの後では、めったに脱することができない空虚さと憂鬱な放心状態の中で、彼は房状になった泡や潮に打ち捨てられた残骸の前を何歩か歩いていたが、家に帰る道を探す気にはほとんどなれず、それよりは踏みしめてごちゃごちゃにしている足元の小さな世界に引き入れられ、時には、壊れやすい甲殻類が巣を作るこれら沖積土を足でかき回すのだった。そうして彼は目を上げた。どことも知れぬ海岸線のうっすらしたラインが海と霧のまにまに一層消えていくのを目にする以外に望みはなかったのだが、突如、コインの裏側が彼に姿を現したのだ、あたかも手つかずの荘厳な現実の中、異様な壮麗さの中、本質的な恐るべき光の中で、たちまち砂から出現したかのように。

私は、その時どう感じたのか彼に何度も尋ねたものだ。彼にとってそれは、虎に打ちのめされた人間の苦悶以外に比較のしようがないものだった。彼が言うには、それはあたかも縞模様の大きな猫の牙や爪の下にいるかのように、あらゆる痛々しい感覚が拡大して瞬時に捕らえられるほどの、空想上の物事によって彼に対して放たれた残忍な襲撃だった。とりわけそれは、通常の人間に禁じられているることが可能になって、そのすべての局面を知ることができるようになった恐怖、目で見たり指で触るよりも細部まで見渡せ、巨大なオブジェが至るところで彼の前に置かれる恐怖だった。しかし、ここに彼が書き留めたものがある。それはこうだ。

海辺からそう遠くない浅瀬に、かなり壮大な岩があった。それは正方形の土台にまっすぐに直立した非常に美しい形をしており、海事の専門外の素人でさえ、それが幾世紀にもわたる難破船略奪者の出没により、藻類や軟体動物に覆われた古びた塔の廃墟であることに簡単に気づくのだった。砂利敷の底地に小さく曲がりくねった窪みを長きにわたって穿ってきた海水が、鎧や空洞の鉄兜、金色の肩章、古くさい鞘と武具がついたサーベルなどの装備一式の略奪品をかき回している。目撃者はどうあってもそれを目にせざるを得ず、記憶に長く留めざるを得ない光景なのだが、さほど貴重なものでもないそのほとんどが蟹に食い尽くされていて、そこに不条理な力の働きを感じないわけにはいかなかった。

巨大なキノコ型のテーブルが岩を圧して聳え立ち、雨に洗われ、夜明けになると燃えるような黄色に驚くばかりに輝く。幾度もの嵐の仕業で自然に彫琢されたこの砂岩の塊の周りに、十一人の人物が突っ立っている。それは女たちのようで、手首をリベットで締められた鉄の輪で皆が繋がれ、結束された腕で砂岩を取り囲んでいる。彼女たちはオレンジの果皮のように燦めく大きなレインコートをまとって頭から爪先まで身を寄せ合い、テーブルの縁に顎を乗せ、かすかに灰色を帯びた小さく白いミズナギドリの卵が絶妙にバランスを取っているその中心に視線を集中させている。すると風が一塊の巨大な炎に覆われ、コルヴァン人の軍旗のようにぱたぱたと鳴り響き、女たちの黒髪が驟雨に乱れてびしょ濡れになるのだった。

その男が目にしたように、私はいかなる人間、つまり被造物もコインの裏側を見てほしいとは思わない。彼に何事かが起こったとしても、彼はその後に起こったことを完全に忘却していたのだ。だから彼が家に戻って来た時、彼がどうやってこの差し迫った光景から逃れられたのか、どのように帰り道を見つけられたのか、私は決して知ることができなかった。その翌日、彼に最初の痒みが生じた。そして今、彼は自分の体を引っ掻き回し、少しずつぼろぼろに崩れていき、体じゅうが汚れた白い粉に覆われている。不幸にも、それでも彼はその衝撃的な邂逅を誇らしく思っているのだ。しかも、かつて、炭化して黒ずんだ空のあちこちで稲妻が縞模様を描く中、彼の顔を掠めたかもしれない落雷を忘れることを犠牲にしてまで回復したくなかったのだ。

*

アラン・ゲールブラン｜Alain Gheerbrant（一九二〇〜二〇一三）　フランスの作家、出版人、探検家。一九四〇年代に前衛出版社 k-éditeur を創設し、アルトー、ペレ、バタイユ、エメ・セゼール等の著作を刊行。特にバタイユの『眼球譚』第二版をベルメールに紹介したことで知られ、マンディアルグとも親交があった。後年、アマゾン探検家として名を馳せ、世界各地の神話や民間伝承の象徴を集大成した『世界シンボル大事典』を共著で発表、ロングセラーになったことで知られる。

*

聖餐への冒瀆

アンリ・パリゾ*に

森の中に、芝居用の鬘《かつら》のようにふさふさと茂った大きな松の木があり、この晩夏の晴れた時間に、樹皮に固着したトケイソウの蔓によって時々松の幹が見分けられる。それゆえ私はそこで、唯一の隣家――ピエモンテから来た、吹き口の付いた小さなパイプオルガンの行商人で、犬が牽く滑車の道に舞い上がる後塵を振り払うのにほとんどの時間を費やしていたが――その家の娘と松の木の上で出会えることを知っていた。名をノエマといい、雌猿の肌のように少し皺のある絹のような天鵞絨状の小さな顔をした、十六歳のもの静かな小娘だった。その腰まで垂れ下がった、不謹慎なまでに真っ直ぐで長い黒髪や、数秒以上はまったく従順さを示すことのない栗色の夢見るような瞳のせいで、村の長老たちの間では評判が悪かった。彼女は成熟しながらも、決して誰にもベッドで愛の営みをさせようとしなかったものだから、逆に男たちは最初から、カササギやカケスやリスが普段から棲んでいる葉叢の中で彼女に近づくのだった。

そういうわけで、蒸し暑い昼下がり、彼女と私は、高い枝の上に乗って、松脂で裸体を塗り汚し、かぼそい千もの緑の針の刺し傷で頬に炎症を起こして、叫び声を上げながら揺れ動いてじゃれ合っていると、私たちの木に向かって曲がりくねった小道をたどって来る一つの黒い人影が遠くで目に入ってきた。近寄ってくるにつれ、それが司祭だと分かったが、彼が木の下に来て、彼の姿を目にするやいなや、私たちは息が詰まって叫ぶことも歌うこともできなくなった。というのも、彼は自分の顔の前で五本の指を広げて何かをくっつかせているのだが、その血の気のない太い指の上でぎこちなく動いているのが数匹の黒っぽいカミキリムシだったのを目にしたからだ。するとただちに赤と白の身なりの侍者の少年二人が聖体顕示台を運んでやって来た。太陽光線が枝々を突き抜けて強烈に射し込み、貴重な台座上の王冠を燃え上がるばかりに燦めかすと、王冠の周りに無数にささくれ立つ尖った切っ先に光線が反射して金色にそそり立ち、かつてはそのさまを形容する隠語を私に思い出させた。

――見ろ、《ヤマアラシ》だ、と私はノエマに言った。しかし昆虫にしか興味のない彼女は、それよりはむしろ、司祭の指の上で触角を振り動かしているちっぽけな山羊たちを見るよう私に言うのだった。

それまで私たちの視界に入っていなかった一人の老婦人が、グループに加わってきた。彼女は幅の広い大きなブーツを履き、紫色の長いドレスの上にタッセル付きのスカーフを巻いている。すると、少年たちが彼女の前でうやうやしくひれ伏すのだった。ところが聖体顕示台が、大きな松の木の下で、ごく小さな肘掛け椅子みたいに根元が分岐した間の、かなり不安定な位置に横倒しになっているように思われた。老婦人は、日本の富士山に群れ飛ぶ鶴の景色のタピストリーをあしらった軽めのスーツケースを鞄として携えていて、彼女がそれを開けると、そこから、湾曲した刷毛の一つを取り出した。それは、デザートの後でコーヒーが出る前に、テーブル上のパンくずを寄せ集めるために使用するものだった。その用具が侍者の少年に手渡されると、婦人の注意深い監視のもとで、少年は地上約八十センチのところで鋸で挽かれた幹の円い切断面を、ほとんど夢中になって掃き清めるのだった。その切断面は、実はノエマと私が、木に昇る際の最初の枝に簡単に到達するために、天然の脚立として使っていたものだった。

五分ほどの作業の後、表面が完全にきれいになると、明らかにこのグループを指揮している紫色の婦人は、白い手袋をはめた指でまず最初にチェックし、私がが《ヤマアラシ》と呼んでいたものの中から聖餐パンを取りだして、ブラッシングされた切断面にそれを置いた。さらに富士山をあしらったスーツケースから、私には水に見える液体を満たしたフラスコを取り出して、聖餐パンに数滴を注いで湿らせ、次に銀製の砂糖壺を取り出して、聖餐パンに振りかけた。

――クレープを作っているんだわ、とノエマが耳元で私にささやくと、食いしん坊の猫のように、私の腕の中に滑り込んで身を乗り出し、もっとよく眺めようとした。彼女は落ちないように両脚を私に支えさせて弓状に身をくねらせ、同時に私は彼女の下腹部を両手で組んで捕まえていた。彼女の体のその箇所が驚くほど毛深いことに気づいたが、細く、滑らかで、手触りが良く、ほとんど短く剃られていたとはいえ、彼女の髪の毛とよく似た感触だった。

次は司祭の出番だった。彼は聖餐パンの台座から数メートル離れたところを、ややもったいぶって、腰をくねらせて揺らしながら、機械人間のように自分の軌道を歩いた。どのような具合か私には分からないが、彼のスータン（訳注：聖職者の長衣）が制御されたようにわずかに震えているのが、東洋の操り人形を思い出させたのだが、ブロケード織の法服と重々しい首飾りの内側で、突如、蝉の鳴き声が沸き立つと、その揺れ動く動作をこわばらせた。彼の手がゆっくりと顔から離れると、袖からさらに無数の昆虫が出て来て、私は彼が優先順位を尊重しながら、昆虫たちを選別しているのをはっきりと目にしたのだ。彼は極めて正確に、微妙で繊細極まりない動作で、次から次へと昆虫を掴み上げては、無酵母パンの周りに最後まで昆虫を配置するのだった。彼が最初にテーブルに置いたのは、私がこれまで見たことのない、際だって美しい二本の触角と、冷たく黒い火を放つような翅鞘を持った、斑模様の大きなオスの長角甲虫《セランビックス》（訳注：カミキリムシの一種で、胴体より長い二本の触角は、外側へ美しく湾曲し、山羊座の角を彷彿とさせることから、山羊座の甲虫と呼ばれる）だった。他にも、ベージュと灰色のエスペロファンから、沈んだブロンズ色のクリオセファール、麝香の匂う青い燐光を放ったカプリコーン（訳注：これらはすべて山羊座の角に見紛う長い触角を持ったカミキリムシの一種。「贖罪の山羊」に生贄の意味合いがある）まで多岐にわたった。いずれも湿った砂糖が大好物で、聖餐パンが松の切断面に隠されているのを感じると、そこへ向かって下顎で食べにかかるのだった。

その時、侍者の少年たちは、この奇怪な聖餐式の周りで熱狂的に踊り始め、乾いた小枝で空中に腕を伸ばして線を描き、私には言葉が聞き取れない繰り言《リフレイン》をわめき散らすのだが、それは異常な肉食性の雄山羊と雌山羊の壮挙を祝しているようだった。この若い歌い手の大げさな挙動に気を取られて、本来するべき注意を払っていなかった自分を責めるのだが、この祭式には多彩な場面も演出されていたのだ。柔らかな羽毛の乱舞、撒き散らされる血の滴り――誰によるものか、どの生き物のものか分からないのだが――貪り食らう昆虫たちの上で、焦げた毛のパチパチいう音、吐き気を催すような匂いがするのだ。司祭がこの儀式におどけた曲を伴奏し始めた。彼の膨らんだ口を滑らせている楽器を見て、私はそれがノエマの父親が売っている安物の商品に違いないと思った。すると突如、紫の老婦人が頭蓋にかぶっているキャロットを脱いだ。それが、薔薇色とオレンジ色で化粧された、完全に禿げ頭の男だったのを発見した時、私たちは笑いをこらえるのに息が詰まりそうだった。そいつは、少年たちの間で、この息づかいの激しい曲の響きに飛び跳ね始め、支離滅裂なカンカン踊りで、膝の上高くまでドレスを捲り上げて、ドレスと同じ色の絹でぴったり覆われた鷺のような長い両脚を見せるためだけに、リズムを素早く捉えていたと言ってよいだろう。あたかも女を演じる野郎の猥褻でぎくしゃくした艶笑劇《バーレスク》を真似るかのように。

コップの底のような狭い空き地の中で、夜に揺らめく磁器の真珠のように、懐中電灯のような光線を浴びて、多様な色彩が混じり合う光景。そのさまはあまりに眩く、この遊興が決して終わることはないと、疑いの余地なく私たちに信じさせるほどだった。しかし不運にも、それは続かなかった。というのは、靴の上に針状の房を円く覆い集めて、獣の両耳に見せかけようと、ノエマは、対になった二つの松ぼっくりにそっくりのものを靴に着けていたのだが、その片方の靴が、目もくらむほどの激しい旋風で脱げてしまい、聖体顕示台のそばの地面に落下したのだ。それは、縁日のグロテスクな回転木馬の歯車の中へレンガを投入したのと変わらぬ効果があった。音楽がひゅーと凍りついて途絶え、サイクロンのような祭式全体が静まりかえった。それから、踵の高いパンプスという恐るべき物体の存在にしばらく茫然とした後、いわゆる操り人形どもが我に返ると、彼らは取り乱して、来た道を大慌てで引き返し、エニシダの雑木林の背後にある枝々の下へ消え去ってしまった。

女友達に顔を向けると、私は侵しがたい冷たさを彼女に発見した。

――この昼下がりに、僕たちが何をじっと見ていたのか、言葉より他に言い表しようがないわけだが、どう説明するつもりだい？　と私は彼女に尋ねた。

――あたしはクレープとか、ちっぽけな山羊のことを話すつもりはないわ。でも、木の上によじ登って、イノシシたちのワルツを見ていたと言うつもりよ、と彼女は答えた。

こうして彼女は話を作り上げたわけだが、それは、見世物への嗜好を伴って、いつも彼女の中にもたらされる瞑想に、ことさら異様なものを取り込む性質と、最も卑猥で、最も浅薄で、最も多彩な方へもっぱら向かってゆく好奇心の表れだった。彼女は、儀式の真に象徴的な要素、あるいはこれらの象徴の深遠な意味が示すものを、最も頑強なやり方で拒否したのだ。

＊

アンリ・パリゾ――Henri Parisot（一九〇八～七九）　シュルレアリストと親交があったフランスの編集者兼翻訳家。一九四五年から五一年まで、シュルレアリストを中心に五十冊にのぼる「黄金叢書」L'age d'or を刊行したことで知られ、その二一巻にマンディアルグの短篇『女子学生』が刊行されている。その他、ルイス・キャロル、カリントン、ドイツ・ロマン派など、多数の作家を翻訳紹介した。

*

犬ども

ファブリツィオ・クレリチ*に

この国の不幸の始まりは、おそらく少しは我々の過ちのせいにある。あらゆる大砲を、ホットワインの酒樽や、ベンガル花火の燃焼器や、変わったすり鉢に変形してしまったのは、おそらく間違いだった。そして我々の女性軍隊、細くくびれたウエストとホッテントットのようなお尻の上にオパール型の月のような乳房をつけた女性歩兵たち、突撃によって長い髪が広がる女性竜騎兵たち、女性工兵たち、暑熱の数ヶ月間、木陰のあちこちで夜遊びの快楽を貪る美しき娼婦の下士官たち、我々は、こうした綺麗どころに、さらにたくましい男たちをうまく添えてやったわけだ。我々の祖国では、嫌悪を催させるほど過度の淫蕩が容認されないよう、我々が望まなくとも、もっぱら節度と品位を配慮することが少なくとも正しいと考えられていたわけだが、我々が目にしたのは、制服を着た男性軍隊が、いとも簡単に屈服させられる彼らの倒錯的な情事だった。

たしかに、我々は侵略を防御できる計画を立てていた。我々の国境の内側にある人工の荒れ地は、スピノサスモモやイラクサ、アザミに覆われていたのだが、それを惜しげもなく十個の州と同じくらいの広大で平坦な砂漠地帯に作り変えたのだ。というのも、ここに住む人々は、数年来、未開墾地よりも実った小麦の光景を好む農民ではなかったからだ。さらにもし大群がこの防御区域に足を踏み入れた場合、何千もの凧が、我々の各持ち場から空中に揚げられ、雲のように大きく、庭のように色彩豊かに、空全体を満たし、侵入された領土の地面に、すぐに次々と投げられたロープが網状に巨大に積み重なり、そこで敵はその無数の網目から決して脱出できないよう講じたのだ。しかも兵士たちが通常持っている病気は、我々が何の努力をしなくても、邪魔者を追い払うだろう。なぜなら、努力というのは、我々がこの世で最も苦手なものだからだ。

流行病感染のリスクについては、場合によっては集団墓地を連想させるのだが

——そのような死体の山は我々の郊外でほぼ腐敗するのだが——我々の仲間うちで最も臆病者でさえ、君にこう答えるだろう、すなわち我々が相当な古代人であって、人々が感染し得るあらゆる病気は、何世紀にもわたって幾度も罹患してきたので、我々にとって無害になっているのだと。その病気の最悪の症状は、未経験の隣国人の例を見れば、髪や歯、目玉が抜け落ち、皮膚が潰瘍やただれで覆われ、肺が石灰質の山のように海綿状になり、寄生する腫瘍が肝臓や脳にこびりつき、内臓が引き裂かれて、心臓が止まるのだが、我々が罹患しても、突然の軽い発熱、つまりこめかみが、かすかに薔薇色もしくは赤銅色に上気することさえほとんどないのだ。

我々は、毛羽立つほどぞっとする芝居と同じくらいの驚異が繰り広げられる戦争を待ち望んでいた。ところが、ついに我々が攻撃された時、つまり、黒い法服を着た司祭たちが曲芸団から借りた白馬にまたがって、フルートやヴァイオリンを奏でながら、主要な大通りを駆け巡り、警報送風機がすべての街灯に向けて国民色の紙吹雪を華々しく吹き上げた時、我々はたちまち裏切られたこと、あるいは深刻な過ちを犯したことを認めねばならなかった。三つか四つの屍が姿を現したように思えた。ところが、屍の色彩が、我々の予想より、はるかに色褪せていて綺麗なものではなかったのだ。驚いたことに、我々は地下納骨所《カタコンベ》に保管されていた屍の網状の糸のほとんどが、そこのネズミどもに食い尽くされていたこと、そして屍の絹糸がまともに言えない用途に使われていたことを知ったのだ。いずれにせよ、戦争は始まるまでもなく敗北し、我々は、まったく抵抗をしなかったがゆえに、征服者から寛大に扱われるだろうという考えで己を慰めるのだった。

現在、征服者どもは我々の領土内にいる。彼らは我々の陣営が住んでいた郊外の兵舎の家具類すべてを取り払った後、そこへ藁をいっぱい詰め込んだ。実を言えば、我々はこのことにそれほど不平を言うことはない。というのも、我々の陣営の幾人かは、彼らが我々の究極の不安から解放してくれたこと、そして完全に閑暇で幸福であるためには、我々の国家主権を失うことだと主張するほどなのだ。そのような極端な意見は、今までのところ我々がほとんど苦しんでいないこと、そして大抵の場合、彼らが我々を無視するふりをしていることが分かったから出たもので、大多数の人々は、彼らの定住が本当に臨時的なものだと保証できるのか、そして彼らが再びすぐに出発して、より遠くへ征服に向かうのか、あるいは自国に戻るのかという疑問で不安になっているわけだ。

彼らが悪意を持って攻撃することはないという証拠はどこにもないが、彼らに悪意があると肯定することもできない。しかし、彼らの存在が痒みのように我々には耐えられないのだ。なぜなら、彼らは堅苦しくて、我々のそばにいるのが気詰まりな感じで、視線を逸らして我々と出会うのを避けているからだ。我々は彼らを観察しつつ、まず最初に恐怖と窮屈さを覚える期間を過ごした。日を重ねるにつれ、屈辱と期待を覚えながら、驚きが我々に広がっていったのだが、嘲笑すべき真実が明らかとなるには、我々一人ひとりが意識の奥底ですでに気づいていたことを公然と容認できるほどの、長い時間と多数の証言が必要だった。

彼らの習慣は、毎朝、町の南にある栽培されたカボチャ畑へ体操に行くことだった。彼らの足で踏み荒らされた埃だらけの地面の畝に、浮き輪のように現れる大きな赤い円盤に、彼らは魅せられているようなのだ。彼らは北部の郊外に住んでいるので、愛するカボチャにたどり着いて戻ってくるには、我々の居住地を二回横切らなければならない。彼らは首根っこまで垂れ下がる耳覆い付きの帽子をかぶり、顔が少ししか見えない雲母製のゴーグル眼鏡がついた庇で顔を覆っている。そして幅広い黄色のキュロットの上に、紫色よりむしろ安ワイン色の、非常に丈の短いドルマン（訳注：昔の軽騎兵の肋骨のついた軍服）を着込んで、茶色のゴム長靴を履いている。新兵たちは、沈黙を中断させて、調子を合わせようと、しゃがれ声で音節を区切って発声するのだが、初めてそれを聞いた日、我々の動物園にいるジャッカルの若々しい叫び声を思わせた。そんなわけで、彼らが来た道を戻るのを見ようと、列を作って進む彼らの両側の歩道に、大勢の群衆が押し寄せるのだった。なぜなら奇妙なことに、その時、蒸気機関のような喘ぐ音が、疲れ切った戦士の歩行に調子を合わせていて、しかも彼らの舌が、急な揺れを伴いながら、顎の下に長くぶら下がって唾液を滴らせている光景を見るのを、我々は大好きだったからだ。

時々、彼らのリーダーたちは、町の上流の川へ彼らを水浴させに連れて行く。するとすぐに、クレゾール石鹸液と湿った馬の毛の匂いがひどい悪臭を放って水面に立ちのぼり、川沿いの家々は窓を閉め、住民は嫌悪をもって鼻をつまむ始末だ。

ここでついに我々は重大な発見をしたのだ。というのは、ずっと我々は彼らの幅広のキュロットが気になっていて（けちなドルマンの下で、この大きなズボンは圧倒的に我々の目を引きつけるのだ）、そのズボンの中で、何度も繰り返し何かが起こっていて、異様にぴちぴち跳ねるものが布地をかき回し、下士官への敬礼の際に一種の突起物が持ち上がり、その振り子の動きが軍旗や移動炊事車の出現の合図となっているように見えたのだ。我々は、心当たりのある我々の娘や妻たちの幾人かに執拗に問いただした、というのも、彼女らは異人種への好奇心を持って、征服者からいくつかの小さなソーセージ、その黒っぽい腸詰めはほとんど食欲をそそらなかったが、それを得ようと考えていたからだ。彼らは食べ物に大変恵まれていて、我々の前でこれ見よがしに貪り喰らい、女たちはそのいぎたない食欲に抗じきれなかったわけだ。女たちに問いただしたところ、最初、彼女らは手のひらで顔を覆って、怯えた目つきや神経質そうな笑い、恥じらった顔を我々から隠そうとしていたが、さらに確かめると、彼女らは一様にまったく同じ告白をしたのだ。我々は間違ってはいなかった。彼らは後尾を持っていたのだ。通常は十から十五センチほどの、足が切断されたように小さくなるのだが、それらの幾人か、とりわけ将校やおそらく貴族は、尾を直立させた時、波打つ尾の長い剛毛が肩甲骨に軽く触れるほど末端にまで羽根飾り状に全身を律するのである。足から頭まで、彼らは完全に体毛に覆われている。さらに我々が予測もしない、空想じみた詳しい話が、娼婦たちの打ち明け話によって追加された。というのは、彼らが侵入してからというもの、彼女らが生理の時、領内のパグ（訳注：ブルドッグに顔つきが似た愛玩用小型犬）が道でつきまとって来て、この獣どもの襲来を押し返すのに、彼女らは筆舌に尽くし難い苦痛を覚えているとのことだった。

このような新事実は、我々の側においても、我々が確認してきた一連の些細な事象をまさに明らかにするものだった。たとえば、まず最初にパグどもにつきまとわれたのは、侵略されて以来、我々に対するパグどもの態度がどのように変化したのかを見ていない盲人であった（しかもパグどもの悪態に関する最初の報告は、まさに盲人からのものだった）。パグどもが我々にもはや従わず、呼ばれても聞いていないふりをし、盲人たちに続いて、税関吏や研ぎ師に仕えることさえ拒否しているのに、侵略者に吠えたてることさえしなかったと言うだけでは不十分だ。何よりも我々は、パグどもが我々主人に対して傲慢になっていることを咎めているのだ。皿の餌を要求するのに、図体のでかいパグは鼻面を突き立ててくるし、小さなパグはうなり声をあげ、歯を剥き出しにし、獰猛でおかしいほど目をぐるぐる回す始末だ。つまり、こいつらの一連の振る舞いは、自分たちが我々より下等ではなく、対等の関係であるという不吉な事実を我々に納得させるためだった。その代わり、こいつらは新たな占拠者たちの友情を勝ち得るために努力を惜しまなかった。占拠者の一人に出くわすたびに、跳ね上がり、切断された虫けらのように小刻みに体を揺すり、際限なく歓喜の叫びを上げるのだった——というより、兵士がこれを終わらせようと、軍靴でパグに蹴りを入れて収拾を図る始末だった。というのも、尾のある人間どもは、明らかに、我々の面前で家畜から好意の印を受けるのは最悪の屈辱だと考えていたからだ。

彼らの仮面を剥ぎ取るために、征服者と猫の関係について少し言っておかなければならない。当初、我々はなぜだか分からないまま、猫を見るのを面白がっていた。というのも、兵士が一人でも近づくと、最初から猫は、壁すれすれの所でうずくまり、怒りで身をかがめ、耳を垂れ下げ、体毛を逆立てるのだ。しかも遠くで歩調を合わせる音とともに、新兵の歌うわめき声が鳴り響くと、不可解な恐怖に襲われたかのように、木の枝高くまでよじ登るのだった。あまり目につかないが、とびきり異常なのは、尾のある兵士が子猫を一瞥した時の、猫の憎悪だった。おそらく彼らの厳格な規範のせいで、彼らは我々の面前で感情を決して表に出さないわけだが、その様子が、食いしばった歯が見える唇のゆがみ、溢れ出る涎、猛るような眼差し、硬直した全身、粗忽で引きつったような急な動きに表れていて、それが猫の憎悪を引き起こしているのだった。彼らは我々が観察しているのを知っていて、そのことだけで、彼らが重たい戦闘用具一式を擲ってすぐにでも可愛い猫を追いかけたいのをこらえているのが、我々には分かるのだ。

直近に催された閲兵式は、我々の町では二度と同じものが見られないと思えるほど、めっぽうぶざまなものだった。長くて黒い車の中で直立して、この地域を指揮していた司令官に違いない、背の高い、いやにたくましい将校が、新兵に演説をぶち上げていたのだが、その時、隣接する二階のバルコニーに小さなペルシャ猫が現れ、彼をひどく怒らせたのだ。嫌われている動物を見ると、司令官の吠え声がやけに甲高くて熱狂的になったので、もはやどんな馬鹿正直な人間でも、彼の正体に疑いを差し挟む余地はなかった。というのは、尖った黄色い牙が、垂れ下がった唇の反り返った部分から突き出て、帽子の庇の下で、両眼が血走っていたのだ。司令官が猫に歯をむき出しにすると、猫も同様に反応し、空中のくらげのように毛皮を膨らませた。兵士や運転手も猫を見、猫しか見ていなかったのだが、規律のせいで捧げ銃《づつ》の姿勢のまま動くことができなかった。ところが、彼らの尾がキュロットの後ろを破らんばかりにぴんと張っていたのだ。猫は見晴らし台からいっかな去ろうとしないものだから、司令官は、非常に大きな発作に向かって激情に駆られ、無力な怒りに息を詰まらせて、車のクッションの上で始めた演説を終えることなく退場してしまった。すると車が、敷き藁の積まれた彼らの兵舎がある郊外に向かって、すばやく彼を運び去ったのだ。その他の連中は、獲物を見失った猟犬の群れのように面目なく、風に鼻を鳴らしながら、ちりぢりに立ち去る始末だった。

彼らが自らの獣的な種を我々から隠そうと懸命になっている、その苦労を見て、我々は彼らの傷つきやすい弱点を学んだ。そして、彼らを勝者の役柄のまま、もごもごと口ごもらせ、我々が望むとあらば、すぐに彼らを傲慢な支配の頂点から追い落とせるのは、我々次第なのだ。しかし、我々は彼らの弱さと自分たちの力を確信しているので、その楽しみをもう少し長引かせることにするつもりだ。

彼らは犬どもに過ぎなかった。銃は必要ない。我々の国境の向こうへ、このくずどもを追い払うのに鞭さえ必要ではない。我々は嘲笑うだけで十分なのだ。しかしそれは壮麗な光景でなければならない。我々人民が通りという通りに降りてきて、嘲弄と揶揄でもって、あちこちを駆け回るという華々しい大爆笑、これまで耳にしたことがなく、地上で聞いたためしのない最高に壮大な笑いの爆発でなければならない。そしてその調子がうわべだけでないよう、次のような軍事行動を挙行するだろう。連中から離れて、連中の嫌がる匂いがするゆえ連中が決して行くことがない硫黄のある古い港の倉庫で、我々は笑いの大演習を繰り広げるのだ。

＊　ファブリツィオ・クレリチ――Fabrizio Clerici（一九一三〜九三）イタリアの画家、舞台美術家。幻想的で神話的なテーマをもとに数々の芸術作品を創造。マンディアルグとはレオノール・フィニを通じて親交があった。

*

モーリアック嬢の入浴

ボナ・ティベルテッリに*

私はハツカネズミと一緒に入浴している女性を知っている。確かに色の白いネズミたちで、当の女性はオペラ歌手だ。それは彼女がタイスを歌いに行こうとする前のことだった。

おぼろげなオペラ座のペディメントに、砂漠の説教僧とアレクサンドリアの娼婦が議論する演目が表示され、小さくかわいいランプが点滅した時、そしてかつては好色だった老人たちや主任司祭たちが群がって、閉じられた楽屋のドアに押し寄せる時、そして給仕たちが近くの真鍮に植栽された棕櫚の樹々の下で晩餐の準備を急いでいる時、シビル・モーリアックは、終日横になっていた寝椅子からその素晴らしい体を起こすのだった。銅鑼が鳴ると、彼女は孤児の娘たちに取り囲まれる。娘たちは九人いて、その美しい瞳、病弱そうな様子、手の小ささによって、彼女が唯一ガラス会社の保護施設から選んだ娘たちだった。モーリアックが皆に風呂の準備をするよう命じた時、分厚いカーテン越しに笑い声が響き渡った。

孤児たちはそれぞれ、シビル・モーリアックの衣裳から、いつも同じ一つのものを脱がして、それを種別ごとの衣裳箪笥に片付けるという任務を負っている。九人の小娘は、寝椅子や壁掛け、いくつかの鏡とともに、部屋のすべての家具である九つの衣装箪笥をそれぞれ担当しており、それらは絶えず繰り返されるモーリアックの部屋着の九つの構成品に対応している。外出着は、控室にある衣装箪笥へ行くので、他の任務になっていて、孤児の男の子たちに任されている。

素裸のモーリアック、彼女は歌いに行く夜、無駄に疲れることのないよう気を配っているので、浴室まで彼女を運ばなければならない。それはアンゴラ織り、より正確に言えば、ブロンドのクロスに赤い猿の毛皮を覆ったカートを使って運搬される。モーリアックは、そこへ自分の体のプロポーションに合わせて作られた窪みに横たわると、滋養のために、フォンダン（訳注：シロップを練った糖衣）をかけたピスタチオナッツを指でつまみながら、歌を口ずさむ。《薔薇の冠をかぶせて……》、あるいは、妾が主要な呼び物であったオペラの時代の、彼女の好みに応じた歌節が口ずさまれ、その間、孤児の娘たちは車輪を押し合いへし合いしながら、運搬車を軋ませて引き具を繋げる。

五角形の一室の、アクアグリーンの壁に囲まれ、半透明の羊皮状の天井の下に、ランプが隠れていて、黄色いマーガレットと蔓日々草《ツルニチニチソウ》の装飾を施された黒い陶製のタイルの上に、薄紫色のエナメルの浴槽が置かれている。コリント式に装飾された長いブロンズの排水管の入口は、大きく開かれ、両耳を垂れ下げ、大胆な口髭を生やして、チーターの頭として仕上げられており、マウスタンクに接続している。マウスタンクは、溝のついた床が取り付けられた三つの女中部屋に配置され、浴槽の横にぶら下がっている紐を下へ引っ張るだけで、小さな白い獣たちを大量の流れで排水管に吸い込ませることができるのだ。

モーリアックには、浴室のドアをきっちり閉じないゆえに、無数の友だちがいる。時にはそれが宮廷の陪臣たちだったりするのだが、彼らは、孤児の娘たちが浴槽の周りを自由に行き来できる余地を残しておくために、浴室の五つの隅に詰め込まれて立たされているのだ。モーリアックは肉付きの良い豊かな肢体と透き通るような白い肌をしているものだから、爪先から髪の毛まで、睫毛や眉毛の他、彼女が左の乳房の少し下で大事にしている繁茂したほくろ以外に、体毛が一切見つからないよう極めて清潔に保っている。ハツカネズミたちはぬるま湯に落ち、裸のしっぽをたたきつけ、堅い小さな爪を引っ掻きながら、女体の周りのあちこちを泳ぎ回る。それから、湯をかき回すのにくたびれ、ネズミたちが辛うじてシビルの脇腹のそばで毛並みを揺れ動かすことしかできなくなると、彼女の美しい手は、無頓着に紐を引っ張って、排水口を開き、大量の余計な毛むくじゃらの獣が流し出されるのだ。

モーリアック嬢の主治医であるバティニョル地区に住む小男の中国人が、彼女に語るところによると、古代の東洋では、家に籠もりがちな豊満な美女たちの家で、そのようなハツカネズミやオオヤマネ又は鼠との入浴が、血の循環を刺激するために最も一般的に用いられていたという。そのお奨めの恩恵にあずかったのか、ともかくも、カンタトリーチェ（訳注：花形オペラ歌手）は、いったん舞台に立つと、アルプスの滝が落ちる泡立つ氷河さながら、薔薇色に似た肉体を躍動させる。彼女の喉は水晶のように澄み切り、その瞬間から舞台に入って、チュールの空の背後に蜃気楼が立ち現れる瞬間まで、聖なる秘術のように興奮に震え、激しくも熱い彼女の声と身振りは、片時も休むことはない。

《タイス》を聞いたことのある音楽愛好家でさえ、モーリアック嬢の顫音《トリル》にはとびきりうっとりさせられたと請け合っており、実のところ、あり得ないかもしれないが、非の打ちどころのない小夜鳴鳥《ナイチンゲール》がオーヴェルニュの喉の底から飛翔したように見えたらしい。

＊　ボナ・ティベルテッリ｜Bona Tiberelli（一九二六〜二〇〇〇）　イタリアの画家、作家。一九四七年、叔父で著名な画家、フィリッポ・デ・ピシスを通じて、マンディアルグと出会い、五〇年に結婚。以後、五九年に別居、六一年に一旦離婚するが、六七年に再婚し、娘のシビルを出産。本作は旧姓の名称で捧げられており、四八年に発表されていることから、知り合って間もない四七年頃に書かれたものと推測される。

*

海の蝿

イヴォンヌ・ラルセンに

——よく聞け！　海の蝿（訳注：mouche de mer／ムーシュ・ド・メー）が砂に埋もれた若い娘を風で赤く染めるのを見たことがないなら、お前は何も見たことにはならんのだ。そんな言葉が、ラム酒や脂《やに》の匂いがする北国の樅の木のカウンターの背後で聞こえてきたように思えた。ただし、そう聞こえたのは、その発音が私にあまり馴染みのないダンケルク訛りのアクセントで歪んでいなかった場合に限るし、たとえば、鱒のいる小川が鱗に燦めいて釣り人を動き回らせるのが、蜻蛉（訳注：mouche de mai／ムーシュ・ド・メー）の仕業だと単に聞こえたせいかもしれない。棍棒で一撃された記憶、あるいは薄れかかった青春の高鳴りの記憶と同じくらい強い懐旧の念が私に立ち戻ってきた日になってようやく、私はその言葉のことを思い出したのだ。それまでの間、青春時代の心持ちは、血とメダルに燻された腐植土に染み込んでいたのである。その記憶、それはいつもの昼下がりだったが、私が出かけたのは秋の初めで、天気の良い日に、私はエロイーズと一緒に砂利の浜辺に横たわっていた。そして私たちは、潮の満ち引きが浅瀬で溢れたり引いたりするのを眺め、砂利が肌に食い込むにもかかわらず、互いをより固く抱きしめ合ったまま、身動きもせずに、長い間、時を過ごしていた。そうしながら私は、卑猥な娘たちのことを考えたり、あるいは水面《みなも》や白亜の断崖に向かって忙しく飛び回るカモメたちをかき乱すほどの、様々な激しい行為に思いを巡らせるのだった。

波が砂洲を辛うじて覆っていて、より遠くまで海面から頭を出した岩礁の間では、馬鍬でならすように波が崩れ落ちて退いていき、そのたびに、ヒバマタ（訳注：ヒバマタ科の海藻）に縁取られた岩腹や小石がのぞき、同時に怒濤の唸りが泡立つ海から私たちの目をそむけさせる。その時私は、空中の何ものか、おそらく鳥ではない何ものかが、私たちに向かってまっすぐにやって来るのを目撃したのだが、その様子は、機械や砲弾のような無機物の速度ではなく、むしろ禽獣のような感じだった。近づくにつれ、速度が弱まり、何ものかが目の届く範囲に来て、細部がはっきりと見えるようになった時、私たちは明白な事実に直面しなければならなかった。すなわちそれは蝿だったのだが、少なくとも雄の七面鳥くらいに大きく、私たちが二人きりになろうとしていた浜辺の上を低く飛んでいたのだ。この動物はその図体の大きさ以外は何らとっぴなものは見られず、頭やくちばし、胸部、もじゃもじゃの体毛に覆われた腹部、肋骨に縁取られた翼、球体の目、けづめと鉤で武装された六本の脚のすべてが、英語で青い瓶*と呼ばれる、大きな肉食の蝿の種類に間違いなく分類できるのだ。

　海中の何物かを探るかのように、波とすれすれに降下してくる巨大な昆虫の飛来は、私たちからすべてのカモメを追い払うのに十分だった。カモメらは、空気をつんざく羽根のざわめきや若い犬のような吠え声を私たちに聞かせながら、怯えたように急旋回して断崖絶壁の頂上まで舞い上がった。私はエロイーズが、ぶんぶん唸って飛来するスズメバチやミツバチ、ハナムグリや蝶に対して、それほど勇敢なわけではないのを思い出した。それゆえ彼女を安心させようと彼女に寄りかかったところ、私は彼女がすでにペッパーサンドイッチの箱を空にした後、アンチョビトーストの箱を開けるのを目にした。というのも彼女は鼻につんとくる塩辛い献立に夢中だったからだ。彼女がそんなわけで落ち着いていたので、それ以降、私は蝿の行動にだけ目を向けた。

どうやら蝿は追い求めていたものを見つけたに相違ない。まさに今、ほとんど私の目の前で、太陽の光が貫く中、あたかも森の下で蝿が樹々に留まっているかのように、その翼を急速に羽ばたかせながら、空中に固定されたように動かないままだった。それから私は、蝿がその脚のけづめの濡れるところまで、非常にゆっくりと垂直に降下していくのを目にした。その翼を一層激しく羽ばたかせているので、低音の唸りが強く聞こえてくるように思えた。私は見間違っていなかった。獰猛な翼の下で海水が渦巻いていて、その風が液体層にある小規模の大渦潮《メイルストロム》をくり抜いているのを見たのだ。さらに、カナク族の盾の形をした、横幅の五倍の長さの砂洲が現れ、その縁《へり》に水が押し戻されて泡立つ仕切り壁が立ち上がるのを目にした。そこは、モーセの民やファラオの軍隊が海辺を歩いて通り過ぎるには細すぎて、蟹の二本の鋏が姿を現しているに過ぎなかった。

　蝿は少し高く上がり、そこから再び降下した。そして風の流れで干上がった砂洲の上を降下したり上昇したりするのに応じて、小さな渦潮の縁《へり》に近づいたり遠ざかったりしている。砂洲の真ん中から、渦を巻いている海水に向かって、砂が吹き流されていく。すると蛇のように曲がりくねった水路が、疑う余地がないほど明らかに、絶えず砂洲の中央の膨らみの輪郭を線描していく。そのさまは、蝿が翼という唯一の手段で濡れた砂を彫刻していて、大聖堂の敷石のように、そこで表現したかったのが横臥した人物だったと言えるくらいだった。

　突如そこに割れ目ができ、それはたちまち長く裂け、すそを引っ張り合って引き裂かれたヴェールさながら、両の唇の如くぱっくり開いた。肉体が浮かび現れた。それは裸の少女だった。おそらく適齢期に達していないとはいえ、早熟な美しさをたたえており、やや未発達な若さによって一層美しさを増している。その肌の色は、流れ出る砂、極端に色褪せた砂利、私の背後にある切り立った白亜の断崖、灰色の空、カモメの羽根、数々の流木、泡立つ波、塩が風化した白い結晶、そうしたものが一緒になって、海洋世界全体と奇妙な具合に類似していて感に打たれるのだ。両の瞳は閉じたままで、手足は硬直している。その肉体には、生命をほのめかすものが何もない。ところが私は、死体の光景が通常生み出す気詰まりな印象を自分の中に感じなかった。

蝿がわずかに上昇すると、砂洲が縮まって少女の手のところにまで狭まり、彼女の髪が巻くようにねじれ、脚の先が濡れない程度のすれすれにまで短い渦が接近する。さほど深くない浴槽で体を休めているように見えたが、その時、海水が回転木馬に匹敵するほどの力で波を掻き砕き、外側へ流れ出したのだ。それゆえ、蝿は望みどおりの的確さで、若い娘を楕円形の液体で縁取ったわけだが、その時、蝿はもはや動き回らずに、両の乳房から臍までのほぼ中間地点を見下ろしていた。数分間何も起こらなかったので、私は、渦巻の縁《へり》と両肩の後ろ、胴体の周り、ほどかれた手足の両側に残っている砂の上で、肉体が一層生き生きした調子を帯びて砂から引き剥がされていくように思えた。その現象が急速に際だってきたので、すぐに私は信じられない思いに襲われた。というのも、胸から腹部の間に位置するその箇所で一種の脈拍が打つのがはっきり見え、それとともに前進する波が、肉体の末端にまで薔薇色の色彩を送り届けていて、それが最初のほのかさとはうらはらに、たちまち色鮮やかな深い薔薇色になり、非常に長く持続するので、私は最も熱した肌でさえ同じことが観察されることはめったにないと思えたのだ。蝿に視線を戻すと、この大きな昆虫が同じように変化していき、まず最初に私に見えた鈍い濃紺色が、今では金属の反射に燦めく美しい緑色を帯びていくのだった。

二つの色彩が、あたかも類似した陳列台で対抗相手の妄想を見せつけるかのように、刻々と強度を増していく。しかしその中で、大気が雷雨の直前のように、拡散した重い電気負荷、すなわち海面に起こるパチパチという音の現象と感覚を広げていく。そして私の心を襲ったこの混乱でさえ、色彩の単純な争いの影響であると言う以外、ほとんど説明不可能だった。薔薇色が深紅に変色していく。すなわち裸の少女が、朝開いた牡丹のように燃え上がったのだ。すると蝿は翡翠の光線に逆立ったエメラルド色の球形になった。とても正視に耐えないこのコントラストの瞬間が来て、私は感動したにもかかわらず、目をそらしたり閉じたりせざるを得なかった。その瞬間だった、私は蝿が鋭い音を発する狼煙《のろし》のようにまっすぐに空へ上がっていき、長い間点灯したあと、帯状にたなびく雲間へ消えていったのを目にした。同時に、貪欲そうな舌打ちに似た音と、涎や泡の強力な噴出とともに、海が燃え上がる肉体の上で再び閉じられたのだ。

物事の根本をできるだけ明確に細部まで知ろうと、私は海洋のあらゆる動植物に関して時には博識でさえあるエロイーズに質問しようと思った。それで彼女に目を戻すと、彼女は無言のままだった。彼女の服装がふしだらに乱れ、さらには疲労の色と恥じらいが彼女の顔にはっきり表れている。そのさまは、私が目撃したばかりの現象の本質を十分に証明していて、もはや言葉を要することなく、その本質を私に悟らせたのだ。

＊

青い瓶――blue bottle fly　クロバエの一種で、胴体を彩る藍色が美しいことから名づけられた。英仏海峡に浮かぶガーンジー島で生産されている有名な「ブルーボトル ドライジン」のラベルには、青いボトルに因んで、このハエの絵がデザインされている。ただし、本作中の巨大な種は、発見の報告がない模様。

*

カルモー*の鉱山

最も甘美な接吻は鼠の後味がする**
ジョルジュ・バタイユ

鉱山の底に何が見えるのか、君にはまったく見当がつかんだろうな、——私のテーブルにまっすぐやって来たその老人は、私が気づかないうちに、そばに腰かけてそう言った。そこは、岩に突き立てられた鉄の梁でタルン川の上に怖々と支えられた小さなダンスホールの床の上だった。ダンスフロアが魚雷艇のタラップのように揺れた。というのも、ポーランド人の女給たちが、アルビの少年たちとダンスに興じていて、踵で激しく床を蹴り叩いていたからだ。彼らの足元に亀裂が生じ、急流の水が点々と見える始末だった。——株主どもときたら、鉱山というのは、煤けた巨大なチーズのように穴の開けられた石炭の山で、そこで自分たちが金持ちになるために、荷を満載にした貨車を運び出すものだと思っている。経営者どもは、年に四回集まるんだが、その宴会場ときたら、素っ裸の娘たちが、絹のペーパーに包まれた鱒や若鶏、薔薇の花びらが浮かぶ黄色いワインを給仕しているんだ。彼らは娘たちの裸の肩を撫で回すんだが、もっぱら石炭の話とか、石炭を新たな若鶏、珍しい花々を咲かす植木鉢、よりグラマーな娘たちに変換できる手段について話し合っていて、テーブルを離れる前に、株主にできるだけお金を少なく配当するよう常に全力を尽くそうと厳粛な誓いを立て、ほとんど娘の相手をすることなくおひらきにしてしまう。技術者《エンジニア》どもはどうかといえば、石炭の採掘量を細かく調整して、念入りに彫り込みを入れた坑道や、都市の柱廊のような坑木を作って、大きなトロッコがクレーンの手の届くところに到達するような綺麗で小さな狭軌鉄道の計画を立て、採掘場全体をきちんと調和の取れた様式にすることに、もっぱら腐心する有様だ。つまり、連中は芸術家でありたいという憧れを持っているわけだ。わしの時代のほとんどの炭坑夫は、洞穴に棲む甲殻類のようなもので、石炭以外は何も見えない目盲になってしまうものだった。というのも、成りたての若い連中は暗闇の中で訓練された目を持っていないものだから、貧弱なグリッドランプの光線の下で、つるはしで掘り落とした石塊や彼らの足元に混ざるくすんだ粉塵の上で、坑内のまぶしい壁しか見えないわけだ。しかしわしらは、中央山塊《マシフ・サントラル》の南に掘られた、ほとんどの古い炭坑のひとつひとつを明瞭に見分ける方法を知っている。君ならわしらの業界に簡単に入れると思うんだがな。

ほんの少し前、君が河岸に沿って歩いている間、わしは君に気づかれないよう、君の後を追っかけてきたものだから、こういうことを君に語っているんだ。河岸で君は、泡立つ水に指を突っ込んで、泥に半分埋まった石を次々にひっくり返していたし、べっとりした根の間にうごめく微小な世界を観察しようと、生い茂った葦や藺草《いぐさ》を引き抜き、砂利の土手に亀みたいに打ち上げられた腐った切り株の樹皮を持ち上げて、いわば害虫の避難所を設けようと、丸まった葉っぱを無理矢理開けたりしていただろう。

君の歩みはいささか揺らいでいて、その足取りも少しためらいがちでだるそうだった。突き出た岩を曲がった時、君は突然、わしが今、君に話しかけているこの珍しい鉄製のスクラップのような公共の場を目にしたわけだ。この吊り下げられた酒場は、一見したところ、君には何ら価値のないものだった。君がより遠くまでこのような石灰岩の峡谷をさかのぼり、激しい水流や切り立った断崖、流木、不揃いな石ころ、有害な植物といった環境の中で、天然の寄生生物を探していたということは、人間に対する君の警戒心の表れだと解釈してもそれほど間違ってはいないだろう。つまり、人間が使用するために人間が構築した設備の場へ入ることは、君の狩猟を惑わすことになるからな。浮かれた若者たちが市外でダンスに興じているのを尻目に、君とはまったく異なる快楽の場所をためらわずに通り過ぎ、他の場所で完全に純粋な地表を探しに行くとすれば、それはそれで驚くべき行為かもしれない。ところが君は、砂利で固定されたタラップに近づき、軋む鋼板をよじ登り、明らかに君をうんざりさせるアニス酒のグラスの前に腰かけ、さっきまで河岸で小さな生物をこっそり観察していたのとまったく同じ蒐集家の目線で、ダンスに興じるカップルたちをもっぱら選別する目的をもって、ひどい飲み物しか出さないこのテーブルで、たった一人のままでここにいたわけだ。

　おそらく君は、ポーランドの少女に興味を持った——彼は間違っていなかった。踊っている連中の少女の一人を笑顔でおびき寄せようとする私のたくらみが彼の存在によって邪魔されたのを悔やんだ。少女はややモンゴル人風の頬骨の顔に、鹿毛色の房飾りをかぶった赤茶色の猫のような黄金色の目を見開いていた——その娘は少年たちのむき出しの首に髪の房飾りを投げかけて踊っている。君はネクタイの上に生き物をピンで留めているのだが、その生き物の不幸な運命を、少女の誰かに被らせたいと思ったに違いない。その生き物、つまり生贄は、あらゆる点で許し難い残虐な行為から逃れようと、脚をばたばた動かして無駄に努力するわけだが、その脚の動きがなければ、その生贄はブロンズや緑金石のアクセサリーに見間違えられたに違いない。——たった数分前に、野生の人参の花序から拾い取った玉虫を彼は見つめた。それはダンスフロアの若者たちと私を区別するのにふさわしいアクセサリーを持とうと、私がピンで突き刺した玉虫だった。おまけに私は完全な孤独をひどく恐れていた。私には友人がいないし、犬でさえ私についてこないわけなので、しばらくの間、私は娘たちから目を離すことができなかった。どこに行こうが、昆虫と一緒にいて、虫の爪が絹を引き裂く軋む音を聞いているのは、ある程度の慰めを私に与えてくれるのだ。これらの生き物が死ぬのにかかる時間は予想できないし、場合によっては、代わりの生き物を見つけるのに数日かかることもある。——ところが君は、面目を施そうと、その遊興に参加する危険を冒したのだ。この種の娘たちは、わしの言い方で形容するなら、鱒のように奔放で、カワカマスより意気さかんな、勝手気ままな生き物だ。娘たちが最深部の坑道にあるランプを交換しにやって来た時、このわしでさえ、欲望と同じくらいの苛立ちをもって、彼女らに感嘆を禁じ得なかったことが何度あっただろう？　裸足のまま飾り釘が打たれた木靴を履き、囚人の身なりのような古びた布地から切り取った一種のシュミーズだけを身にまとっている。それらは彼女らの衣裳の残りとともに、見かけばかりのクロークに残された下着類の着用を惜しんで、素肌にじかに身につけたものだ。ランプの籠を囚人服のような袖に提げ、貧弱な芯に灯されたオレンジ色の光の照射を浴びて、彼女らは堂々とした足取りで一歩を踏み出し、一言、言葉を発して、彼女らを触ってくる図々しい彼らの指を止めさせ、ちらっと一瞥しながら最も卑猥な彼らのからかいを喉元に引っ込めさせるのだ。わしは知っているから断言するのだが、彼女らはどこに行こうが、上半身を汗で波状に滴らせた男たちに、真実の愛の法廷を輝く壁に向けて生け垣のように立ち上げるのだ。そして、そこにいる男たちの一人が好みに合えば、望みを叶えてやろうと、袋小路の坑道の暗闇の中、あるいは岩盤の落下によって三分の二の坑木が崩壊した、君が想像するようなやや劇場風の天蓋の下で、炭塵にまみれた寝台の上で男と横たわるのだ。これは決して彼女らの率先した行動からではなく、常に人に対する尊厳や敬意、当時の上流婦人には見出せない話し方や挙措振舞の美点からくるものだった。それにしても、つるはしを持った連中がひしめく数百メートルに及ぶ地下は暑かった。だからわしは、経営陣諸氏の奥方たちがそこで数分間、あるいは最短経路の坑道で、ぶっ倒れるまで我慢するところを見たいと願ったものだ。

わしが言っていたこの目ききの小グループのうち、わしらだけが、ランプを提げた可憐な少女たちの抗じ難い魅力から、まったく無関心になれないままにせよ、辛うじて逃れ出たわけだ。そして逃れ出た先で、わしらは別種の情愛、すなわち、女が視線を送ったり微笑したりする時に、男を捕らえるものよりもはるかに神秘的で高揚した情愛を抱くことを知る機会を持つことになったのだ。その場所は、我々独自の手段で開拓した、我々だけの聖域でもあった。そこへはポーランドの女たちを絶対に立ち入らせはしなかった。

その場所は、つるはしの音が頻繁に響き、時には石女《うまずめ》の胎壁（わしら同業者たちは、石炭に埋もれた巨大な岩盤をそう呼ぶ）を打ちつけて刃がこぼれるような地域で、石炭層の最底辺の地層にあるわけだが、より豊かで、より便利に近づける鉱脈が発見された後は、今日、ほとんど採掘されることはなく、どこから来たのか分からぬ粘土質のぬかるみによって歩行が難儀し、ひどく木が茂った非常に古い坑道の奥にあった。その深い奥底に、鉱山の技術者《エンジニア》でさえ知らぬ天然の洞窟があるんだ。それは巨大な膨らみのようなもので、小麦粉をインクで捏ねたり、石墨や黒鉛に混ぜたりして作った生地の中心で、地獄のように恐ろしいパン種が膨らんだ泡のような形の洞窟だった。地面は、駝鳥の卵のような石炭の大きな塊、それは君やわしが知っている卵より十倍も頑丈な種類のものだが、それらと一緒に、見分けられないほど微細な乾ききった炭塵に覆われている。光沢のないくすんだ石炭から成っている壁は、わしらが棲む暗がりの世界で黒いダイヤモンドといわれる光輝ある無煙炭、すなわち幾世紀にもわたってごく小さな角やごくわずかなざらつきを消し去り、あたかも穹窿のように洗われた愛らしい掌《てのひら》を想起させるほど、表面全体が磨かれた無煙炭から成っていて、それよりも堅いアスファルトやタールに見えるほどだった。その空間の広さといえば、アルビの大聖堂の四分の一から五分の一の間くらいだと推定してほぼ間違いないと思う。

その点について、もし君がゴシック寺院の身廊から上方へ高々と伸びる様式を、わしらの聖なる場所にあてはめたいなら、わしは即座にそれを否定するだろう。それは、幾つもの丸天井が段状に並んで広がっている小さなビザンティン風の地下の洞窟を拡大したものだと、君に言い表した方が良いだろう。というのは、わしが話しているその場所は、途切れることなく凹凸面が連なっており、これらのいくつかが実際に副次的な洞穴を作り出して接しているわけで、したがって、光と影の範囲がほぼシンメトリックに配分されているのだ。わしがそこで思ったことをさらに言うなら、五階か六階建ての家のような大きな隕石の鋳型の、暗い蠟の中に残された空洞を想像してみたら良いだろう。

わしらが熱愛する存在は、この洞窟に棲んでいるんだ。その入口にある小さな扉の鍵をわしら全員が所持していて、さらに用心深く、坑道の壁と見間違えるよう、外側に見せかけの石炭を覆い尽くしている。

その存在とは、耳の形をしたものだ。びっくりするんじゃないぞ！　あらゆる形あるものは自然の中にある。君がそれを目にしたとき、君は自分の父母と向き合っているのを発見するのと同様の喜びや愛を感じるだろう。

よく注意して聞いてもらいたいのだが、その存在が、特定の海洋生物もしくは湿った小道の端で春に成長するキノコの輪郭のように、なんとなく耳に似ていると言っているわけではない。それは君が喜んで欲しがるような、人間の耳を忠実に再現したような生き物なんだ。しかも君の耳よりほんの少し肉付きがよく、厚みと丸みがあり、男性の顔の両側に往々にして振りかざされている、辛うじて皮膚に覆われた軟骨状の耳というよりも、ぽっちゃりした若い娘のような耳に似ているんだ。とりわけ違うのはその大きさだ。通常のテニスのラケットより明らかに上回る大きさで、そのハムのような薔薇色は、舞台用に化粧された肌の色よりはるかに鮮やかだ。

テニスのラケットとわしは言った。その生き物は、しなやかな腕のように、長い茎状の柄を持ち、その先端が輪状になって、君には信じられないほど機敏に空気をかき回すので、そういう形容がイメージにぴったりだとわしには思えたんだ。そしてその茎には先端まで動く体毛に覆われた平らな吸盤が続き、それらの体毛は、その土台にある吸盤を移動させ、大きな耳をどこにでも滑らせるために役立てられている。

君はさっきより真剣にわしに注意を向け始めているぞ。ダンスフロアを満たすありきたりの光景から目をそらしている。良いことだ！　わしらの秘密を君に打ち明けたのは正解だったに違いない。洞窟に棲むその生き物が繰り出す途方もない光景に、君は無関心ではいられないだろうな。線状に射すランプの灯りの中で、そいつが息をのむほど美しい薔薇色の貝殻のように、石炭が広がる上を飛び回っている時、波打ったスケートリンクやジェットコースターの走路のように跳躍して耳を高く上げる時、そしてその奇怪な生き物が小さなクレーターの底へ姿を隠す時、そいつが突起部の頂点や、よりお気に入りの地点で素早く姿を現す時、そいつは貪欲な唇みたいな吸盤で地面を愛撫するのを止め、少しの努力も見せずに、なおも素早く、愛撫を再開する前に優雅に揺れ動くのだ。

そいつを愛するわしらは、大きな黒い卵形の塊に自分たちの尻を乗せ、膝に両手を乗せ、そいつが動く時に視線を非常に集中させるものだから、君は目に見えぬテコだと言うかもしれないが、一方の首から他方の首へきちんと連動し、わしらの顔の動きを操縦しているように見えるんだ。皆が一緒に、口を閉じている。もしそいつがいくつかの非常に困難な障害を巧みに乗り越え、突起部の底から頂まで、わしらの予想以上に素早く完璧にスパイラルを描いたなら、皆の抑えがたい情熱を裏切るものといえば、せいぜいかぼそい唸り声くらいだ。

通常の感覚として、そいつがわしらを見ているとはとても言えない。というのも、そいつは巨大な洞窟の中のザリガニ、あるいはカルニオレの地下水脈で気持ちの悪い小さな手をひらひらさせながら泳いでいる白っぽいサンショウウオの種類以上の目を持っていないからだ。しかし、透明なたてがみのように周囲を飾るその長い体毛によって、盲者の指またはイソギンチャクの触手のようにぎこちなく探りながら動いていて、おそらく空気の振動を通して、洞窟の内部で起こっているあらゆる事象について、正確な知覚を得ているのだろう。明らかにそれは、この器官によって、石炭の壁に自らを導き、狩りをするために自らの動きを操縦しているのだ。

というのは、そいつは小動物を食べているからだ。とりわけ鼠が好物で、わしらはそいつを喜ばそうと、毎週鼠を持って行ってやるのだ。獲物を追い込む時や、あるいは狩猟や鷹狩りをする時のように、慣例に基づいたちょっとした儀礼的な段取りが決められているものだが、その餌食はほとんど無防備のまま放り出されるのだ。それは次のように繰り広げられる。わしらは君に説明したように、洞窟の中央の小石の上に座っており、まず最初にわしらの中の一人が、鼠の持主という羨ましい役割に選ばれると、彼はいつも動物の運搬用に使っている蓋付きの瓢箪の栓を抜くのだ。わしらのグループはそれを前にしてびくびくしているのだが、鼠は木炭のミイラのように硬直していて、壁の下のどこかでできる限り身を潜める。その時わしらは目撃するのだ、耳のブロンドのたてがみが獰猛に震え、それから滑り始め、餌食の獣が過呼吸で疲れ切って刻々と灰色の惨めな塊になっていく場所に向かって、蘭の花弁の中で見られる器官のように蛇行収縮してうねりながら近づいていくのを。

耳の生き物は、鼠が気づかないほど、決して秘かにやって来ることはなく、その前に素早く鼠に接近する。鼠は少し早足で遠ざかり、時には洞窟を二、三回周回するのだが、その間に、不気味な生き物は石炭を上へ下へと鼠を追いかける。わしらが言ったように、鼠は走る道筋から逸れようと——中央に向かって巧みに逃げ出そうと——するので、わしらは空中で腕を振り、指を鳴らして鼠を壁に追い返す。追跡者はすぐにスピードを倍にし、豪勢な賞与を求めて全力疾走する競輪場の走者の熱情をもって地歩を占めていき、それ以降、勝負が開始されるのだ。鼠が柄の射程距離に入った時、パン！とラケットの一撃が齧歯動物を打ちのめし、更なる一撃が鼠の背を砕くと、炭塵の中でねじ曲がってしまうんだ。

今度は、一層巧みに、大きな耳をかがめ、獲物の上に貝殻のように覆いかぶさると、鼠を消化しようと丸呑みし、穹窿の丸みにぶら下がる。こうして獲物をしまい込んだこの生き物は、ボタン状の花、すなわち巨大で逆さになった睡蓮に似ているんだ。わしらの頭上にあるその睡蓮の萼は、おそらく石炭の空の下で望むことができる最高に素晴らしい深紅の薔薇のように開花するだろう。穹隅《ペンデンティフ》の端で、植物よりも進化している唯一のしるし、それは毛の束が虚空を鞭打っていることだ。その時、たてがみは独特の長い茂みのように寄り集まっているのだ。

数日後、吸盤がその縁を持ち上げて、体毛や骨や炭塵の大量の小さな塊を排出する。つまりそれは、厳密に言えば、耳の糞だった。けれど、わしらは洞窟が常に絶対に清潔であることが自分たちの誇りだったので——そうでなければ、わしらが熱愛するこの場所を放棄したくなかったからか？——そこを訪れるたびに排便を取り除いたものだ。何も知らない奴は、わしのさっきの言葉に苦笑するかもしれんが、まあ仕方がない！　石炭は、陶器やレンガ、白い木より純度が低いわけではなく、汚いわけでもない。繰り返すが、わしらの炭鉱のこの片隅の清潔さに関して言えば、たとえば、やたらきれい好きな女主人が経営する、雪や永久凍土の端に見つかるようなスイスの山小屋の厨房に、わしらの一人が住んだとしても、何ひとつ羨ましいとは思わんだろう。

　わしらが熱狂する最高の瞬間は、わしらの心配りをどれだけ気持ちよく受け入れているかを示そうと、そいつがわしらの間で踊りに来る時だ。炭塵との接触がおそらく吸盤の唇を刺激するのだろう、決して滑ることはないが、壁に接した小石の上で、それっ！　それっ！　と飛び跳ねるのだ。そしてわしらはそいつの空中曲芸を邪魔しないよう立ち上がる。そいつは穹窿の下、卵形の石の上で、最も滑らかで最も貴重な姿を具現化するまで、渦巻き状の弾力あるバネのように、あたかもミュージック・ホールの薔薇の化身のような優雅さで、他の小石の上でも飛び跳ねるのだ。まず最初に、その場でそいつは、軽やかに低い跳躍を続けながら回転し、全身に陶酔感が広がると、背中を湾曲させて柄を反っくり返し、アラブの踊りのように身をよじり、厚ぼったい旗のように空気を一掃する。その間、わしらは手のひらを勢いよく叩きながら拍子をとってやるんだ。時には一時間以上もの間、狂熱を引き延ばしても疲れを知らず、つるはしで鍛えられたとはいえ、わしらの手に血がにじむほどまで続けるんだ。ああ！　そんな素晴らしい日々の光景に君が出会えたら。

そいつはオスなのか？　メスなのか？　わしらは何ひとつ知らない、——ピアノが閉じられ、ヴァイオリンやトロンボーンがケースに戻され、タラップの軋む音が止み、笑い声が帰り道に四散していった、——おそらく、わしらはこれ以上、知ることはないだろう。わしに関していえば、そいつがこの世に埋められたすべての洞窟の空の下に棲む種族を代表した唯一の生き物であり、わしはその徒党の一員というわけだ。

わしらの一員にせむしの小男がいて、最近のガス爆発によって焼け死んだのだが、そいつは、わしらのごく若い頃、聖書が一杯詰まった背嚢を持って鉱山の立坑でわしらを待ち伏せするカプリーヌ帽を被った老婆たちに簡単に感化されて、こう言い張ったもんだ。わしらの愛情の対象であるあの耳は、聖ペテロに切り落とされた後、地面に飲み込まれたマルコスの耳であることが分かったと。その耳は、わしが君に説明してやった大きさにまで地球の奥底で肥大化し、最後の審判を受けるまで生きのびようと、この人里離れたカルモーの鉱山の片隅にやって来たのだと言い張ったわけだ。この寓話を否定するいわれはないが、わしらの間ではほとんど信用されなかった。――鋼鉄棒と麻綱で築かれた建物内で、今や彼と二人きりになった私は、少年たちが川の方に連れて行ったポーランド女性の姿かたちを追い求めて目を閉じた。ライオンの子の顔をやたらに想起させる少女の前にいたことは一度もなかったし、自分の顔を獣の顔に近づけることほど甘美なことはなかった。しかし少女に合流しようとして身を起こすことができなかった。この私の連れは、おそらく自分の話よりも、その非常に澄んだ、磁力を帯びた真実の目の輝きで、囚われた私を惹きつけていた。その目の動きだけで、なおも私は彼に付き従うか、服従せざるを得ないでいた。――にもかかわらず、マルコスの名はその耳に残り続け、マルコス主義者という名でわしらの一派は存在し続けているんだ。

　したがって、わしが君を迎え入れようとしているのは、このマルコス主義者たち、すなわち我が同志のところだ。わしらは鉱山まで歩いて行こう。なぜなら、入会の洗礼前に少し手間をかける必要があるからだが、わしらが河岸に着いたらすぐに、わしが要求することを何も考えずに実行し、わしのことを君の代父と見なしてもらいたい。君は頑丈な体をしている、少なくともそう見える。その頑丈さは、会社のデスクで、底辺の労働者リストに十分登録できるさ。あとはわしが責任を持つ。不確かで誘惑に負けそうな光景を見ようと目を閉じる前に、君にとって、なおも幸福、つまり魂の安らぎや簡単な赦免を授かる可能性を得ようと思うのなら、君に与えられるべき分け前として、わしらの偉大な耳より豊かなものは、君には一切提供されないことを悟るがいいだろう。

* カルモー――Carmaux　フランス南西部、中央山地の南にある地域。十九世紀末から二十世紀前半まで石炭採掘で栄えた。近くに中世の司教都市だったアルビの町がある。

** ジョルジュ・バタイユの著作『鼠の話』（一九四七年）より引用。鼠を餌食として殺す際に性的陶酔を覚えるシーンは、バタイユの供儀の思想の影響が窺われる。耳が薔薇色の貝、すなわち女性器の象徴とすれば、本作は洞窟という子宮内で展開されるエロティックなユートピア譚であるとも言える。

*** マルコス　イエスを裏切ったユダの祭司長の名。「ヨハネの福音書」にその名が記されており、最後の晩餐の後、イエスを捕らえに来たユダのすぐ後ろに立っていたが、イエスを守ろうとするペテロによって右耳を切り落とされた。しかしイエスがペテロの暴力を止め、マルコスの傷を癒やすと、見事に切り傷が治ったという事績。刑場に引かれゆくイエスの最後の奇跡として知られるが、切り落とされた右耳がどうなったかは不明。（ルカによれば、耳をひっつけたそうだが）。古来、この耳の事績を巡っては様々な解釈があり、ユダの手下のマルコスの耳は、神の言葉を聞く耳を持たぬ耳という説もある。

世界終末の既視感《デジャヴュ》——解題に代えて

本作『汚れた歳月』*Dans les années sordides* は、一九四三年七月一七日、ニースの出版社「ニースの前哨灯」から、レオノール・フィニのデッサン三点（表紙画一点、挿画二点）を添えて二八〇部限定私家版として自費出版された。エリュアールなど戦前からの親友を中心に配布され、名実ともにマンディアルグの処女出版物となった記念碑的作品である。その後、本作は一九四八年十一月、ガリマール社から挿画なしで再版されたが、私家版に未収録だった七つの詩篇『エプタメリデ』*Les Heptamérides*、及び散文詩風掌篇《コント》集『絹と石炭』*Soie et charbon* を追加して刊行された。すなわち本書は、一九四三年刊私家版『汚れた歳月』と、四八年再版に追加された『絹と石炭』を底本に、マンディアルグの散文詩風掌篇《コント》のすべてを翻訳したものである。（一九七〇年代後半に、奢灞都館が刊行を予定していた『汚れた歳月』は、結局未刊に終わったので、本書が本邦初訳となる。『絹と石炭』も初訳）。

作者のアンドレ・ピエール・ド・マンディアルグ（一九〇九〜

一九九一）については、すでに生田耕作氏や澁澤龍彦氏をはじめ多数の訳者によって紹介されているので詳述しないが、本作が成立する周辺事情については触れておこうと思う。

表題の『汚れた歳月』（直訳すると「汚れた歳月の中で」）とは、文字どおり、本書が書かれた第二次世界大戦中における混迷の時期を指しているわけだが、一方で、マンディアルグ自身の言葉によれば、この本を自費出版した三十四歳になって、ようやく汚れた「幼年期」を脱した感じがすると述懐しており、それまでの人生も暗示している。つまり、筆一本で身を立てる決意をする以前の、鬱屈し混迷した時期と言い換えてもよいだろう。

マンディアルグのそれまでの人生、それは巷間知られているとおり、高等遊民の奔放な生活であった。一九三〇年、二十一歳の時に祖父の遺産を相続した彼は、その財産で意のままに放浪し、旅行し、怠惰に耽るといった生活に明け暮れる。その頃知り合ったアンリ・カルティエ＝ブレッソンらと共に（一時的にブレッソンと絶交したあとは、彼を通じて知り合ったレオノール・フィニと一緒に、あるいは単独で、またある時は一九三八年に熱愛していたメレット・オッペンハイムと一緒に）、自前の自動車やオートバイでヨーロッパ中を巡り、毎年何度もイタリアの各都市をはじめとする大旅行に出かけている。

しかし生来、神経症的で非社交的、吃音の持ち主でペシミスティックな幻視者であった彼は、決して楽観的な旅行者になることはなかった。折から耽読していたシュルレアリスムやドイツ・ロマン派の影響のもと、イタリアという眷恋の地に触発されながら、一九三五年頃から創作に手を染め始める。目に見える現実世界に飽き足らない彼の裡で、夢想やイメージが増殖し、それを言語化せざるを得ない内的衝迫に駆られたというのが実情であろう。後年の一九六一年にようやく公刊された、美しい定型詩集『白亜の時代』*L'Age de craie* や、浪漫的な散文作品『一九一四年の夜』*La nuit de mil neuf cent quatorze* などを書き始めるのである。

そうして一九三九年に戦争が起こる。南仏ボルドー近くの避暑地アルカションで、ダリとガラ夫妻の近所でレオノール・フィニと過ごしていたマンディアルグは、翌年ナチス・ドイツのフランス侵攻から避難するため、カンヌなどを経由して、十月にモナコのモンテカルロに居を定めるのである。これが以後六年にわたるモナコ滞在なのだが、戦火により旅行へも行けず、まるで牢獄に閉じ込められたサドが作家として誕生したように、戦争という現実と切り離された環境の中で、鬱屈し「汚れた」幼年期に胚胎し増殖してきたイマジネーションと夢想を、戦争という「汚れた歳月」のただ中で、湧き出るように解き放つのだった。

モナコでは、文字どおり、読書と執筆の日々が繰り返される。モナコの図書館で、ドイツ・ロマン派をはじめ、スウェーデンボリやエリザベス一世時代の残酷劇、イタリア・マニエリスモのアンソロジー、メリメ、ノディエ、ネルヴァル、ゴーティエ、バルザック、スタンダール、さらには言葉を磨くため、ボードレールの『パリの憂鬱』、ランボーの『イリュミナシオン』、マラルメの『ディヴァガシオン』を繰り返し耽読。一方で、一九四一年、ブルトンの『通底器』にならって、十九世紀の侯爵エルヴェ・ド・サン＝ドニによる匿名出版の書『夢とそれを導く方法』に刺激され、目覚めた後すぐに夢の記述を試みるようになった。こうした精神の高揚状態の中で、着々と書き上げられていったのが、彼自身の言葉によれば、「私の夢や想念から引き出され、でき得る限りの独創的な文体の中に凝結された、一種のイメージやヴィジョン、あるいは幻想的イリュミネーションのカタログ」、すなわち『汚れた歳月』と題された、いわば〝散文詩風幻象綺譚集〟であった。

しかし彼は、書いたものをなかなか発表しようとしなかった。それは一つには自信がなかったせいもあるが、彼にとって文学、特に「詩という文学の崇高な形式」が、「神聖な性格」を帯びていたことにもあった。そんな彼が、いつ頃、書いたものを本にして発表しようと決断したのか定かではないが、一つには、誰あろう、当時の恋人であったレオノール・フィニの強い後押しがあったからと言われている。もともと文学好きの彼女は、作品の一部を一読するや、これまで覚えたことのない異様なインスピレーションに打たれ、彼に発表を強く薦めるとともに、自らも絵筆を取って、挿画を描き始めたのである。（本作収録の「騎兵学校」に特に惹かれたとみえ、二点の挿画を描いている。私も鍾愛する作品だ）。これまで肖像画家として活躍してきた彼女にとっても、文学書の挿画は初めての試みであった。いわば、もともと姉弟のように感性や嗜好が似ていた二人が、作品を媒介に共振し合ったのだ。

戦争という精神的な危機的状況から解放されるべく、筆一本で作家になることを決意したこと、それは彼自身が後年述懐しているとおり、彼の人生における最大の変貌であり転換であった。それからの彼は書き上げた『汚れた歳月』を自費出版すべく奔走する。戦時中の物資不足により印刷用のベラム紙をイタリアから調達し、校正のために戦火の危険を顧みず、何度もモンテカルロと印刷所のニースを往復する。それはこれまでのマンディアルグとは思えない行動力だった。

こうして出来上がった『汚れた歳月』以降、マンディアルグは作家としての自覚のもとに書き続ける。二年後の一九四五年には、かつて熱愛し、戦火を逃れてスイスに戻ったメレット・オッペンハイムに捧げる長詩『エデラ、あるいは夢想のあいだも続く愛』を限定二七二部私家版として出版、翌四六年、終戦後にパリに戻るや、モナコで書き溜めていた短篇小説集『黒い美術館』*Le Musée noir* をロベール・ラフォン社から、また同年、その中の一篇「女子学生」*L'étudiante* をアンリ・パリゾが編集する〈黄金叢書《ラージュ・ドー》〉から刊行する。さらに四八年、詩集『唐突なモニュメント』*Les Incongruités monumentales* をロベール・ラフォン社から刊行、そしてついに同年、ジャン・ポーランの推挽を得て、大手のガリマール社から、先述したように、七つの詩篇『エプタメリデ』と十篇の散文作品『絹と石炭』を追加した『汚れた歳月』再版が刊行されるに至って、作家としての地歩を固めたのである。これらはまさにモナコでの六年間に及ぶ隠遁生活の賜物であったと言えるだろう。

＊

さて本書に訳した作品であるが、ジャンルに捕らわれないマンディアルグのエクリチュールは、かねがね批評家を悩ます性格のものであり、これら短い各篇を散文詩と言う人もあれば、コントと言う人もあって、正確に規定できない類のものである。かねがねマンディアルグは、自らの小説作品に、文字どおりのヌーヴェル（nouvelle: 小説）という用語を使うことを嫌っていて、その多くはコント（conte: 話、譚の意）もしくはレシ（recit: 物語）であると言っている。しかも一般に小説家、批評家、演劇作家として知られているマンディアルグであるが、実は生涯に膨大な量の詩篇を発表（十点以上の詩集を発表。一九七九年にはアカデミー・フランセーズの詩部門の大賞を受賞）しており、優れた詩人でもあったわけだ。詩が、彼の作品創造の本質にかかわっていることは、本書を読めば自ずと頷かれるであろう。

とはいうものの、マンディアルグの作風は一筋縄ではいかないもので、詩が本質であるといいながら、全篇、過剰なほど細密なレアリスムで描写されている。「夢や幻視の風土に達するためには、微に入り細を穿つレアリスムが要求される」と、ガリマール社再版時の自薦書評に書いているとおり、彼にとってレアリスムは、夢想を現実化させるための絶対的な条件であった。これはマンディアルグ自身が幻想という言葉を嫌っていたことと大きく関係している。つまり、彼の作品は内面の夢想を単に文字化した幻想なるものではなく、シュルレアリストたちが謳ったような〝より強度の高い超現実〟の記録を試みたものといってよいだろう。

（マンディアルグの紹介者、生田耕作氏が「幻想文学」という言葉の皮相さ、曖昧さに疑義を呈し、「幻想文学」という名のジャンルに、あらゆる作品を一括りにする手法が、いかに個々の文学作品の毒や本質を薄めるものか、痛烈に批判していたことが思い出される）。

これを言い換えれば、「驚異による現実の侵犯」を試みたものともいえ、驚異が侵入することによって、視る者の現実世界に裂け目が走り、そこから広大な領土（沃野）が出現するさまを、主観を交えずに目にしたものだけを微細に隈なく描写し、それを次から次へと繰り出すことで、驚異の領域が現実化していくのである。いわば、私たちが目にしていると思っている日常世界が、いかに矮小で表層的なものかを知らしめ、私たちの知覚世界が深層化して反転することによって、それはもはや幻想ではなくなり、現実しかあり得なくなるのだ。あたかも本作中における「コインの裏側」を覗いてしまった人間の目に映る驚くべきヴィジョンとでもいえようか。このエクリチュールは、ある意味、生命や宇宙の隠された秘密を驚異によって顕示する魔術的な所業といってよいだろう。

そういうわけで、本書の作品を、私はあえて〝散文詩風幻象綺譚〟と呼んだわけだが、これら二十六篇は、詩人としての本質と、物語作家としての本領が見事に融和した逸品といえるだろう。しかもこの佶屈した晦渋な文体から、怒濤のように繰り出されるイメージの奇抜さと豊饒さは、誠に凄まじいものがあると言わざるを得ない。ここには、後年に書かれる小説のあらゆる要素がエキスのように凝縮されていて、すでにマンディアルグは、三十歳代半ばの遅咲きだけあって、前半生に胚胎して蓄積された夥しい想念や夢、原体験イメージを一気に放出した感がある。

例えば彼の中で、切っても切れない海と性との相関、つまり幼少期を過ごしたノルマンディの白亜の断崖、岩場、潮の満ち引きと、女性の裸体や性行為との密接な結びつき（「海の蝿」、「コインの裏側」）、海藻や魚貝類の生臭い香りと女性器の匂いとの相関（「未来の舞台劇」、「逢魔が時」)、パサージュという異空間の現出(「裁かれる快楽のパサージュ」)、甲虫類がつぶれる音の快感(「澄んだ空に降る流星群」)、甲虫類と女性の肢体との相関(「炭鉱の中の楽園」)、カミキリムシと贖罪の山羊を重ねた秘儀空間(「聖餐への冒瀆」)、正五角形を象徴する隠秘学的空間(「モーリアック嬢の入浴」)、哲学の卵の錬金術的象徴性(「風景の中の卵」)、炭鉱という原初への子宮志向(「カルモーの鉱山」)、体毛全剃による主体性剥奪(「逢魔が時」)、黒いユーモアの爆発(「犬ども」)、血と体液が奔流する残酷劇(「極北の行路」、「グランダルメ」、「北極の地」、「羽根の車輪」)、荒廃せる現世界への呪詛と終末(「極地の火山」)、凌辱のエロティシズム(「凍れる瞳」、「赤い岩」、「アマゾーヌ」)等々、悪夢とエロス・タナトス、異物とグロテスク、血みどろの残酷劇、ありとあらゆるディストピア的イメージが機関銃のように繰り出されている。

マンディアルグの小説は、一九六〇年代半ばあたりから、文体が徐々に簡潔になっていくわけだが、初期の作品群(『黒い美術館』、

『狼の太陽』、『大理石』、『海の百合』、『燠火』等）は凝りに凝った彫心鏤骨の晦渋な文体で知られている。そのなかでも、さらに初期の本作の短い散文は、おそらくマンディアルグの全作品中もっとも密度が濃く、象嵌細工さながらに巧緻を極め、全篇に緊張感がみなぎっている。彼自身が述懐したとおり、これは戦争中の荒廃しつつある世界の片隅で、精神的な危機状況から脱するための「悪魔払い」の手段として書かれたからであろう。これら二十六篇の作品に繰り広げられた終末的イメージと夥しい驚異のヴィジョンの一つひとつが、この世界への呪詛となっていて、その裏返しとして、《偉大なる生の流れ《グラン・クーラン・ヴィタル》》を渇望する「救済」への祈りが込められているように思われる。

　本書を翻訳していた頃、ちょうどウクライナでロシアによる侵略戦争が勃発し、酸鼻を極めた戦争被害が連日報道され、それは今日も続いているわけだが、すでに訳了していた冒頭の「極北の行路」に不吉な既視感（デジャヴュ）を覚えたものである。そして核の脅威が現実のものとなり、終末観に襲われるなか、この晦渋な文体に苦労しながらも日本語に移し換える作業に、どういうわけか、ある種の悦びと慰藉を覚え、作品世界に逃避するように没入したものである。おそらく「悪魔払い」としての呪詛と祈りを、翻訳作業の過程で追体験できたからであろうと感じている。ただし将来、本作中の「極地の火山」に既視感（デジャヴュ）を覚えることにならぬよう、今の私は祈るばかりである。

二〇二二年十一月

訳者

アンドレ・ピエール・ド・マンディアルグ
André pieyre de mandiargues（一九〇九〜一九九一）

フランスの作家。パリに生まれ、母方の故郷ノルマンディで育つ。二〇歳過ぎから写真家のカルティエ・ブレッソンらシュルレアリスム周辺の芸術家と交流。処女作『汚れた歳月』（一九四三）で作家としての地歩を固め、以後、短篇小説集では『黒い美術館』（一九四六）、『狼の太陽』（一九五一）、『燠火』（一九五九）、『淫らな扉』（一九六五）、『海嘯』（一九七一）、『剣の下』（一九七六）、『薔薇の葬儀』（一九八三）、長篇小説では『大理石』（一九五三）、『閉ざされた城の中で語る英吉利人』（一九五三）、『海の百合』（一九五六）、『オートバイ』（一九六三）、『余白の街』（一九六七）、『すべては消えゆく』（一九八七）の他、『イザベラ・モルラ』（一九七四）等多数の戯曲、『望楼』等多数の評論集、『レオノール・フィニの仮面』（一九五一）、『ボナ、わが愛と絵画』（一九七一）等の美術論、一〇点以上にのぼる詩集等、多数の作品を発表。華麗な文体で耽美的、頽廃的な愛と死とエロスを描く大家として知られ、我が国でも生田耕作、澁澤龍彦等多数の訳者によって紹介されている。特に三島由紀夫への偏愛は有名で、『サド侯爵夫人』を英訳から翻訳し、一九七九年には夫人のボナと来日するなど、日本文学への造詣も深い。

松本完治（まつもと・かんじ）

一九六二年京都市生まれ。仏文学者・生田耕作氏に師事し、大学在学中の一九八三年に文芸出版エディション・イレーヌを設立。主要著書に『シュルレアリストのパリ・ガイド』（二〇一八）の他、アンドレ・ブルトン、ロベール・デスノス、ジャック・リゴー、ジョイス・マンスール、ジャン・ジュネ、ラドヴァン・イヴシックなど編・訳書多数。

汚《けが》れた歳《さい》月《げつ》

発行日　2023年2月18日

著者　A・P・ド・マンディアルグ

挿画　レオノール・フィニ

訳者　松本完治

発行者　月読杜人

発行所　エディション・イレーヌ　ÉDITIONS IRÈNE

京都市右京区嵯峨新宮町54-4　〒616-8355

電話 : 075-864-3488　e-mail : irene@k3.dion.ne.jp

URL : http://www.editions-irene.com

印刷　モリモト印刷（株）

造本設計　佐野裕哉

定価　2,800円+税

ISBN978-4-9912885-0-0 C0097 ¥2800E